# DIALOGUES DES COURTISANES

Suivi des *AMOURS* et de *TOXARIS*

Lucien de Samosate

# DIALOGUES DES COURTISANES

Suivi des *AMOURS* et de *TOXARIS*

Traduit du grec, présenté et annoté
par Pierre Maréchaux

*arléa*
16, rue de l'Odéon, 75006 Paris
www.arlea.fr

Collection "Poche-Retour aux grands textes"
– Dirigée par Claude Pinganaud –
– Domaine grec –
– N° 79 –

Février 1998
EAN 9782869599628

# PRÉFACE

*L'Antiquité n'a cessé de s'intéresser à ses plaisirs en les insérant dans de rigoureuses problématiques. À cet égard, les* Amours, *dialogue apocryphe attribué à Lucien de Samosate, sont un texte tardif que l'on peut situer au début du* IV^e^ *siècle après J.-C. L'ouvrage met aux prises Chariclès et Callicratidas, deux représentants respectifs de l'amour des femmes et de celui des garçons. Le sophiste qui rapporte cette joute oratoire ne semble guère la prendre très au sérieux ; il ironise en exposant ces démonstrations emphatiques. Chaque discours, scintillant miroir où vient se refléter la thèse de l'adversaire, est un morceau de bravoure où se mêlent des arguments traditionnels, des citations obligées, des théories philosophiques et des ornements rhétoriques.*

*Même si les* Amours *entretiennent des rapports étroits avec le dialogue* Sur les portraits, *leur style ne semble pas être celui de Lucien. En effet, l'imitateur anonyme auquel on doit ce texte n'est pas sans défauts. Et le livre ressemble fort à ces exercices de style en vogue dans les écoles de déclamations. Cette al-*

*liance entre mesure et éloquence dont le* Toxaris *donne l'exemple a disparu, et le dessein philosophique du dialogue s'est mâtiné d'esthétisme mondain et d'utilitarisme polémique. Modèle de controverse, les* Amours *ont d'abord le sens d'une parade oratoire, qu'un public d'amateurs dut apprécier pour elle-même. Pourtant, l'œuvre va plus loin, dans la mesure où elle dépeint une société dont la tolérance envers toute différence sexuelle diminue aussi vite que la stabilité politique. Cette conjonction d'un asianisme d'images flamboyantes et d'un atticisme archaïsant, dense jusqu'à l'obscurité, permet d'ouvrir la gamme des styles en même temps qu'elle donne la parole aux tenants passionnés des deux types d'amours dans un contexte historique qui ne jauge plus les bienfaits de l'éducation à l'aune de la* paidéraistia.

*Le* Toxaris, *dialogue écrit en 163 après J.-C., est une conversation entre un Scythe, Toxaris, et un Grec, Mnésippe, au sujet de l'amitié. Après s'être étonné qu'on révérât Oreste et Pylade dans une contrée aussi barbare que la Scythie, Mnésippe, persuadé de la supériorité de ses compatriotes en matière de loyauté amicale, propose une joute narrative. Chacun se fait donc le conteur lyrique de cinq récits édifiants et, pour finir, les interlocuteurs, incapables d'accorder un laurier vainqueur au meilleur représentant de leur nation, finissent par mettre en pratique cette amitié, centre cano-*

*nique de leurs monologues, en se jurant fidélité et se promettant une mutuelle allégeance.*

*Loin de la théâtralité des* Amours, *le* Toxaris *cultive une éloquence qui se dépouille des savants effets d'optique et de cette ostentation qu'implique un public. Celle-ci s'enracine non dans la subjectivité des points de vue, mais dans une intériorité en quête de sagesse. Et elle s'adresse, dans l'amitié et l'ouverture de cœur, à une autre intériorité fraternelle. Point n'est besoin d'élever la voix : le genre bas, le* genus humile *de la conversation suffit. Mais cette humilité du discours, réduit souvent à la nervure centrale d'un conte moral, n'en renonce pas pour autant à la mâle vigueur du* genus vehemens *que Cicéron articulait à la grandeur d'âme et où il voyait le suprême effort de l'éloquence. Ainsi Lucien réussit dans cet ouvrage un compromis entre le dialogue d'amitié philosophique et la confidence détendue. Le dialogue philosophique implique une tension et une attention : tension intérieure de l'orateur contrôlant sa propre démarche, attention à l'autre pour le comprendre et l'aider dans son cheminement intérieur. Ainsi Toxaris n'avait pas hésité à contester les histoires de Mnésippe en raillant leur mièvrerie ; il n'empêche que son interlocuteur, bel exemple de tact et de générosité, admire sans partage les récits du Scythe. La philosophie de Lucien s'incarne donc dans le vécu psychologique de deux âmes progressant ensemble, l'une guidant l'autre vers la plénitude de la sagesse. Le style, analogue à celui des déclamateurs, devient l'instrument tendu à souhait de la nostalgie philosophique, et de la méditation qu'elle conduit. L'art n'est pas absent, mais tout savant qu'il est, devenu seconde nature, il ne distrait pas l'âme au travail sur elle-même, ni sur celle de l'ami.*

*Ainsi le Lucien du* Toxaris *dédaigne-t-il les « mots », les pointes, les couleurs que déploie le* genus grande *et se réclame-t-il d'une simplicité attique. Pour lui, comme pour Philon d'Alexandrie et le Pseudo-Longin, c'est le moins que puisse une grande âme que d'avoir une maîtrise parfaite, apprise ou innée, de la rhétorique scolaire : à une certaine altitude, l'âme retrouve les conditions de la parole originelle, pour laquelle penser, sentir et parler n'étaient qu'un seul et même acte.*

*Une autre caractéristique du dialogue concerne l'éloignement quasi fabuleux des objets et des êtres qui le peuplent. C'est rarement le nouveau monde grec, contemporain des derniers soubresauts de la civilisation romaine, qui surgit ici ; c'est le fonds sans âge des contes arabes. Et la réussite de cette conversation entre un Grec et un Scythe tient pour beaucoup à ce décalage. L'arriération asiatique des steppes de la Scythie dote les exploits des compatriotes de Toxaris d'une crédibilité que n'obtient pas au même degré Mnésippe, fourvoyé dans ses récits de comptoir, de legs et d'économie de marché.*

*Il y a dans le* Toxaris *une mythomanie caractéristique : l'Orient, au sens large, a fasciné Lucien, non parce que la Grèce était devenue une taupinière, mais parce que l'Asie demeurait le continent où, au rebours de la civilisation archiviste des Hellènes, l'histoire devenait légende à peine l'événement consommé.*

*La langue de Lucien, quoique très proche du grec de la* koiné, *regorge de mots rares. Elle semble respecter fidèlement la coutume implicite qui régit l'élocution platonicienne. Mais il semble que sa construction, usant du principe d'élasticité propre à la langue grecque, ne se soucie que de façon très cavalière de la proximité de mots grammaticalement subordonnés. C'est le libre mouvement orienteur de la phrase qui la guide, et non les solides sutures de la syntaxe grecque, qui veulent qu'on rapproche étroitement les deux bords avant de coudre. Il est difficile de trouver un écrivain dont le vocabulaire soit plus étendu, plus constamment surprenant et, en même temps, plus exquisement faisandé, plus heureux dans l'invention. La substance de la langue, qui surgit chez lui imbibée de couleur dans toute sa masse, a l'éclat, l'épaisseur de matière et le feu secret des émaux cloisonnés. Il y a chez Lucien un goût quasi charnel pour les mots, pour leur corpulence ou leur carrure, pour leur poids de fruits ronds qui tombent de l'arbre un à un, ou au contraire pour leur vertu de s'évanouir à mesure au seul profit de leur sillage élargi.*

*Les* Dialogues des courtisanes *ne sont pas exempts non plus d'une certaine contention langagière. Mais la loi des genres a fait en sorte qu'ils s'apparentent plus au mime qu'au dialogue narratif. Remarquable d'atticisme, l'œuvre cherche à restituer des raccourcis prosaïques de la comédie grecque à laquelle elle ne peut tendre complètement par son indigence métrique ni par la brièveté de ses saynètes. La fécondité inventive ou la capacité de changer de registre selon les circonstances y sont apparemment limitées. Pourtant, seule l'onomastique rapprocherait Lucien d'Aristophane. Car il y a chez ce représentant de l'Ancienne Comédie un vif sentiment de la musicalité propre au langage, une aptitude hors de pair à gorger de sens, jusqu'au seuil de l'éclatement, les mots de son vocabulaire : néanmoins, cette poésie millionnaire, intérieurement disloquée par la mixité de ses composantes, s'exténue à travers les raccourcis prosaïques de Lucien. Et l'atticisme du rhéteur de Commagène projette la lumière la plus vive sur une langue assagie, discrète, amputée en grande partie de ces composés monstrueux qui signent le théâtre d'Aristophane.*

*Lieu privilégié de l'invention verbale, les* Dialogues des courtisanes *sont également une petite anthologie du demi-monde où évoluent les « irrégulières ». Ils visent donc a rassembler pièce à pièce les éléments d'une description en acte des hétaïres dont regorge Athènes, et à réunir les différentes postures qui font de cette Vénus interlope le miroir à facettes de l'hédonisme intéressé et de l'érotisme vénal. Aimées, adulées, délaissées, torturées par la gêne matérielle à l'instar de la jalousie, les courtisanes de Lucien se démènent dans un sport un peu fou, phrasant comme l'orateur exsangue du discours amoureux de Barthes. Les* Dialogues *se veulent un résumé du monde et de l'esprit inventif de ces créatures essentiellement préoccupées d'une persuasion aussi corporelle qu'affairiste. La sophistique de Lucien est au service d'un burlesque geste d'inventaire du demi-monde, reconnu apte, par dérision, à cette bavarde et attentive saisie*[1].

P. M.

1. Nous avons suivi dans cette entreprise les éditions anglaises de M. D. Macleod et d'A. M. Harmon (Lœb, 1962 et 1979). Nous avons également consulté la traduction française d'Eugène Talbot (Hachette, 1857). Notre approche des textes n'a pas été la même. Pour les *Amours*, nous avons respecté l'emphase du dialogue, quitte à malmener le mythe d'un Lucien atticiste ; nous avons eu peu de scrupules à le faire dans la mesure où l'œuvre est apocryphe. Le *Toxaris* jouissait d'une excellente version d'Eugène Talbot et de Jacques-Nicolas Belin de Balu ; nous avons marché sur les traces de ces excellents traducteurs du passé, qui avaient un sens inné du *continuum* stylistique. Enfin, les *Dialogues des courtisanes*, exquisement malmenés par Perrot d'Ablancourt, méritaient sans doute un traitement plus libre. Il ne s'agissait pas de substituer au texte une nuée parasite de mots qui n'y sont point ; il fallait *interpréter*. Nous avons donc pris le parti de traduire tous les noms, comme l'a fait Victor-Henri Debidour dans son *Aristophane* ; il ne fallait pas hésiter non plus à renchérir sur le comique discret de ces bluettes. Nicolas Perrot d'Ablancourt, Pierre Louÿs furent en cela de bons maîtres.

# DIALOGUES DES COURTISANES

## *HETAIRIKOI LOGOI*

I

# Doucette[1] et Brillantine[2]

1 DOUCETTE : Connais-tu, Brillantine, ce capitaine acharnien qui entretenait autrefois Mijaurette[3], et qui par la suite me fit l'amour ; ce maître cossu, tu sais, l'homme à la casaque. Eh bien, l'as-tu oublié ?

BRILLANTINE : Non, ma Doucette, je le connais bien. Il a fait ribote avec nous l'an passé à la fête des Granges. Mais qu'y a t-il ? Tu sembles vouloir dire quelque chose.

DOUCETTE : Méduse, cette coquine qui faisait profession d'amitié avec moi, l'a enjôlé et me l'a ravi.

1. Glycère (de *glukeros*, « toux »).
2. Thaïs (la brillante).
3. Abrotonos (d'*abros*, « délicat »).

BRILLANTINE : Et maintenant le grand homme ne vient plus chez toi. Aurait-il pris Méduse[1] pour maîtresse ?

DOUCETTE : Oui, Brillantine, et la chose me fait cruellement souffrir.

BRILLANTINE : C'est une vilaine façon, ma Doucette, mais tu devais t'y attendre. C'est un tour que nous nous jouons assez souvent, nous autres courtisanes. Il ne faut pas t'en affliger, ni t'en prendre à Méduse. Mijaurette ne t'en a pas voulu de lui avoir joué le même tour et vous restez de bonnes amies.

2 Mais je me demande ce que notre fameux capitaine a bien pu lui trouver, à moins qu'il ne fût tout à fait aveugle et qu'il n'ait pas vu qu'elle avait des cheveux bien clairsemés et que ce qu'il en reste était fort éloigné du front. Ses lèvres sont cadavéreuses, son cou malingre avec des veines apparentes. Et quel nez proéminent ! Une seule chose : sa taille est élancée, bien prise, et son sourire fort engageant.

DOUCETTE : Crois-tu donc, Brillantine, que l'Acharnien l'aime pour sa beauté ? Ne sais-tu pas que sa mère, Pic-en-or, est une magicienne versée dans les charmes thessaliens qui peut faire descendre la lune sur la terre. Elle aura rendu

1. Gorgone.

fou le bonhomme en lui faisant boire quelque philtre, et maintenant elles le plument.

BRILLANTINE : Eh bien, toi, ma Doucelette, tu en plumeras un autre. Celui-là, laisse-le courir.

## II

# Myrtille, Avenant, Cadulette

1 MYRTILLE : Ainsi, mon Avenant, tu te maries à la fille de Dupingre le pilote. On dit même que tu l'as déjà épousée. Tant de serments que tu m'as faits, tant de larmes versées se sont donc évanouis en un instant. Tu oublies maintenant ta Myrtille et cela, Avenant, quand je suis grosse de huit mois. Voilà donc l'unique fruit de ton amour : mon ventre est tout gonflé, ce sont tes œuvres. Bientôt je devrai jouer les nourrices, charge bien écrasante pour une fille d'amour. Quant à exposer le rejeton, je m'y refuse, surtout si c'est un fils. Non, je l'appellerai Avenant, il me consolera de mon amour et, un jour, s'il te rencontre, il te reprochera d'avoir été sans foi envers sa malheureuse mère. La fille que tu

épouses n'est pourtant pas si belle. Je l'ai vue dernièrement aux Thesmophories avec sa mère et je n'avais garde, alors, de croire qu'elle serait bientôt cause que je ne verrais plus Avenant. D'abord, regarde-la un peu. As-tu vu son visage ? Et ses yeux ? Ne fais plus le dégoûté parce qu'elle les a torves, parce qu'ils biglent et se regardent l'un l'autre. Qui plus est, tu as vu Dupingre, le père de l'épousée. Tu connais son visage. Eh bien, il te dispense de regarder sa fille !

2 AVENANT : Devrai-je souffrir longtemps, Myrtille, tes billevesées, tes histoires de filles et d'unions nautonnières. Est-ce que je sais si l'épousée est belle ou camuse ? Est-je que je sais si ce Dupingre de la Renardière (c'est de lui, je crois, que tu veux parler) a seulement une fille en âge d'être pourvue ? Cela dit, notre homme n'est pas en très bons termes avec mon père. J'ai souvenance en effet qu'il s'est vu intenter tout récemment un procès pour dette. Dupingre devait, je crois, un talent à mon père et il ne voulait point payer. Le paternel s'en référa aux magistronautes[1] et il eut bien de la peine à rentrer dans son argent. Encore l'autre ne paya-t-il pas la somme complète, au dire du vieux. Si j'avais grande hâte de me marier, aurais-je refusé la fille

1. Littéralement : « aux juges maritimes ».

de Populard[1], qui fut stratège l'an dernier ? N'est-elle pas ma cousine du côté de ma mère ? Alors, pourquoi irais-je épouser la Dupingre ? Mais, conspirant en toi-même, quelles jalouses chimères tu as forgées là, Myrtille ? Te voilà en pleine spectromachie !

3 MYRTILLE : Tu ne te maries donc pas, Avenant ?

AVENANT : Es-tu folle ou ivre, Myrtille ? Je crois pourtant qu'hier la ripaille fut des plus modestes.

MYRTILLE : C'est Cadulette qui m'a donné l'alarme. Je l'ai envoyée m'acheter de la laine pour le fruit de mes entrailles et faire mes dévotions à la déesse des Couches[2], lorsqu'elle m'a dit avoir rencontré Lesbie. Mais conte-nous plutôt toi-même ce que tu as ouï dire, à moins que tu n'aies inventé cela de toutes pièces.

CADULETTE : Que je sois broyée au pilon, ô maîtresse, si j'ai menti d'un seul mot ! Je longeais le Prytanée quand j'ai rencontré Lesbie, tout sourire ; elle m'a dit : « Eh bien, votre galant, Avenant, épouse donc la Dupingre ? » Si je faisais l'étonnée, elle m'invitait à me pencher du côté de votre ruelle pour apercevoir une débau-

1. 7. Déméa (de *démos*, « le peuple »).
2. Artémis Lochéia, protectrice de l'accouchement.

che de guirlandes, des femmes flûtistes, le tintamarre et les chœurs chantant l'hymen.

AVENANT : Alors, tu t'es penchée, Cadulette ?

CADULETTE : Oui, et j'ai tout vu, comme elle me l'avait conté.

4 AVENANT : J'entends la méprise. Eh bien, tout ce que t'a conté Lesbie, ma Cadulette, n'est pas un mensonge et ce que tu viens d'annoncer à Myrtille est vérité toute pure. Et pourtant vos alarmes ont été vaines car la noce n'était pas chez nous. Je me souviens que ma mère m'a dit hier soir, quand je vous eus quittées : « Mon Avenant, Fêtard[1], le fils de notre voisin Beléloge[2] se marie déjà. Il a ton âge et c'est un homme rangé. Et toi, jusqu'à quand vivras-tu avec une femme vénale ? » Je fis mine de ne rien entendre et j'allai dormir. Puis, de grand matin, je suis venu vous trouver céans, de sorte que je n'ai rien vu des choses que vit Cadulette. Si tu en doutes, retournes-y, Cadulette, regarde avec attention non point la ruelle, mais la porte. Et vois celle qu'on a ornée de guirlandes. Tu constateras aisément que c'est celle de nos voisins.

MYRTILLE : Tu me rends la vie, Avenant. Je me serais pendue, si la chose s'était passée.

1. Charmide.
2. Aristénète (d'*aristos*, « meilleur » et *ainéo*, « louer »).

AVENANT : Mais la chose ne s'est point passée et j'espère n'être jamais assez fou pour oublier Myrtille, surtout à l'heure où elle porte mon bébé.

## III

# Mamour et sa Mère

1 LA MÈRE : Es-tu folle, Mamour ? Qu'avais-tu donc, hier soir, pendant le souper ? Bondieusard[1] est arrivé ce matin tout en larmes et il m'a raconté les rebuffades dont tu l'as accablé. Tu as bu, m'a-t-il dit, t'es levée pour danser au milieu du banquet, malgré sa défense, et tu as été ensuite donner un baiser à Resplendin[2]. Puis, comme Bondieusard paraissait piqué, tu l'as abandonné. Tu es allée t'asseoir près de Brillantin et tu t'es mise à l'étreindre pour le faire enrager davantage. Je crois même que tu t'es dérobée pendant la nuit, le laissant à ses larmes, et que tu es allée coucher,

1. Diphile (aimé de Zeus).
2. Lamprias (brillant).

toute seule, sur un petit lit contigu au sien où tu ne fis que chanter pour le chagriner.

2 MAMOUR : Naturellement, il ne vous a pas dit, Mère, tout ce qu'il m'a fait, sinon vous ne prendriez pas son parti. C'est un scélérat qui m'a laissée pour aller causer avec Resplendin avant qu'il ne fût arrivé. Il vit que la chose me chagrinait et que je lui signifiais d'arrêter. Alors, il prit Brillantine par le lobe de l'oreille, l'obligea à pencher la tête et l'embrassa si goulûment qu'elle faillit y laisser ses lèvres. Je pleurai. Il se mit à rire, à chuchoter longtemps à l'oreille de Brillantine et sans doute contre moi, car Brillantine me lançait des œillades assorties de gloussements. Enfin, à la vue de Resplendin qui faisait son entrée, ils s'arrêtèrent, las de ces chatteries réciproques. Quant à moi, j'allai m'asseoir aux côtés de Resplendin, sans m'imaginer que Brillantine pourrait m'en faire des reproches par la suite. Alors, Brillantine, se levant, se mit à danser la première, ayant grand soin de découvrir ses jambes le plus haut qu'elle pouvait, comme si elle était la seule à avoir la jambe bien tournée. Quand elle eut fini, Resplendin ne dit mot mais Bondieusard loua sa souplesse, son talent chorégraphique, la grâce avec laquelle son pied épousait le rythme de la cithare, comme sa jambe était bien faite, et mille autres compliments... On eût dit qu'il parlait de la Croqueuse

d'hommes[1] de Calamis et non point de cette Brillantine que vous connaissez pour l'avoir vue aux bains avec nous. C'est alors qu'elle en profita pour me railler en disant : « Si certaine personne ne craignait pas de nous montrer une jambe malingre, elle se lèverait et danserait à son tour. » Que lui dire, Mère ? Je me levai donc et dansai. Que pouvais-je faire d'autre ? Souffrir et accréditer la raillerie ? Laisser Brillantine régner en souveraine sur le festin ?

3 LA MÈRE : Tu es trop glorieuse, ma fille. Il ne fallait pas faire attention à cette plaisanterie. Mais dis-moi comment les choses se sont passées ensuite.

MAMOUR : Tous les convives m'ont comblée d'éloges. Bondieusard, tout seul, restait couché sur le dos. Il fixait le plancher pendant que je dansais, et cela jusqu'à ce que la fatigue m'eût contrainte à m'arrêter.

LA MÈRE : Mais est-il vrai que tu as embrassé Resplendin et que tu as quitté ta place pour aller le mignoter ? Que veut dire ce silence ? Voilà qui est inexcusable.

MAMOUR : Je voulais rendre à Bondieusard tout le chagrin qu'il m'avait causé.

1. La Sosandre (« qui sauve ou conserve l'homme »), sculptée par Calamis, un artiste de l'époque de Périclès.

LA MÈRE : Et pour cette raison tu n'as pas voulu coucher avec lui ? Tu as chanté toute la nuit tandis qu'il pleurait et se morfondait ? Ah, chère enfant, tu ne songes pas que nous sommes pauvres. Aurais-tu oublié les cadeaux qu'il nous a faits et de quelle façon nous aurions passé l'hiver si Aphrodite ne nous avait adressé ce garçon.

MAMOUR : Et quoi ? Faut-il pour cela que je supporte ses outrages.

LA MÈRE : Témoigne-lui de la colère, si tu veux, mais point de mépris. Tu ne sais pas que les amants méprisés se rebutent et se vengent sur eux-mêmes ! Tu as toujours été trop dure envers ce garçon. Prends garde, comme dit le proverbe, de ne point rompre la corde à force de la tendre.

## IV

# Bourdonnette[1] et Labacchante[2]

1 BOURDONNETTE : Si, Labacchante, tu connais une de ces vieilles qui sont légion, paraît-il, en Thessalie, et qui saurait rendre les gens aimables par enchantement et faire adorer la femme la plus haïe, amène-la-moi, et que le ciel te le rende ! Je lui donnerais volontiers tous ces habits, tous ces bijoux d'or, si je vois Graçouillard[3] revenir dans mes bras et témoigner à Camusette[4] autant d'aversion qu'il m'en témoigne.

LABACCHANTE : Qu'est-ce ? Vous n'habitez plus ensemble, Bourdonnette ? Pour vivre main-

1. Mélissa (l'abeille).
2. Bacchis (la Bacchante).
3. Charinos (de *charis*, « la grâce »).
4. Simmiché (de *simos*, « camus »).

tenant avec Camusette, Graçouillard t'a-t-il quittée, toi, pour l'amour de qui il a eu tant de démêlés avec sa famille, refusant d'épouser ce riche parti qui lui apportait, paraît-il, une dot de cinq talents ? Tu me l'as dit, je m'en souviens.

BOURDONNETTE : C'en est fait, Labacchante, tout est perdu. Il y a cinq jours entiers que je ne l'ai vu. Il emmène sa Camusette faire bombance chez Pantouflard[1], un camarade de promotion.

2 LA BACCHANTE : Comme je te plains, Bourdonnette. Mais qui a donc pu vous brouiller de la sorte ? Quelque événement sérieux a dû se produire.

BOURDONNETTE : Je ne puis te conter toute l'histoire. Mais l'autre jour, quand il est revenu du Pirée, où son père l'avait envoyé, je crois, pour recouvrer une dette, il est rentré chez moi sans me saluer. Lorsque j'accourus, selon ma coutume, il ne m'a pas embrassée. Il a même repoussé mon étreinte en disant : « Laisse-moi ! Va retrouver Calotin[2], l'armateur ; ou plutôt va lire ce qui est inscrit sur les murs du Céramique[3], où ton nom et le sien sont gravés sur une colonne. – Quel Calotin ? Quelle colonne ? » Mais

1. Pammenes (de *pan*, « tout », et *menô*, « rester »).
2. Hermotime (qui honore Hermès).
3. Le quartier des potiers à Athènes.

lui ne me répondit mot, ne voulut point souper et se coucha en me tournant le dos. Que n'ai-je pas tenté ? Je l'ai étreint. J'ai essayé de le ramener de mon côté. Je lui ai caressé le dos. Mes chatteries le laissèrent de glace. Il m'a dit : « Si tu m'importunes davantage, je partirai, bien qu'il soit minuit. »

3 LABACCHANTE : Est-il vrai, néanmoins, que tu connaisses ce Calotin ?

BOURDONNETTE : Puisses-tu, Labacchante, me voir plus malheureuse encore que je ne suis, si je connais ce marchand de bateaux ! Cependant, dès l'aurore, au chant du coq, mon Graçouillard s'éveilla et partit. Me rappelant qu'il m'avait dit avoir vu mon nom inscrit sur un mur du Céramique, j'y dépêchai Lapointe[1]. Elle n'y trouva que ces mots, gravés à droite en entrant, près de la Double-Porte : *Bourdonnette aime Calotin* ; et un peu plus bas : *Calotin l'armateur aime Bourdonnette.*

LABACCHANTE : Oh, racontar de jeunes gens ! Je comprends l'affaire. Un quidam, pour faire pièce à Graçouillard, le sachant jaloux, a probablement mis cette inscription à laquelle notre homme a trop facilement ajouté foi. Si je le vois, je lui en parlerai. Cet innocent n'est encore qu'un enfant.

1. Acis (littéralement : pointe, harpon, aiguille).

BOURDONNETTE : Mais comment pourras-tu le trouver, lui qui reste des heures enfermé avec Camusette tandis que ses parents viennent le chercher chez moi ? Ah, Labacchante, si seulement nous pouvions trouver une de ces vieilles dont je te parlais ! Sa présence me sauverait la vie.

4 LABACCHANTE : Très chère, je connais une Syrienne, encore assez robuste et vigoureuse pour son âge, et fort habile magicienne. C'est elle qui, jadis, m'a raccommodée avec Fulgence[1], qui, comme ton Graçouillard, avait pris de l'humeur pour une vétille. Après une absence de quatre mois, par la force de ses enchantements, elle me l'a ramené au moment où je n'osais plus espérer.

BOURDONNETTE : Qu'a donc fait cette vieille, t'en souviens-tu ?

LABACCHANTE : Elle ne prend pas cher, Bourdonnette. Elle demande seulement une drachme et un pain. Il faut néanmoins apporter encore du sel, sept oboles, du soufre et un flambeau. La vieille les prend. On verse aussi du vin dans un vase et c'est elle qui le boit. Il faudra encore que tu te procures quelque chose qui ait appartenu à ton galant, des habits, des chaussures, quelques cheveux ou autres objets analogues.

1. Phanias (le brillant).

BOURDONNETTE : Justement, j'ai ses mules de chambre.

LABACCHANTE : Elle les suspendra à un pieu, brûlera du soufre par-dessus, puis elle jettera du sel dans le feu en prononçant vos deux noms, le tien et celui de Graçouillard. Ensuite, tirant de son sein une toupie prismatique, elle la fera tourner et récitera ses incantations : un mélange de mots barbares qui font frémir. Voilà du moins ce qu'elle a fait pour moi. Sur ces entrefaites, Fulgence, malgré les remontrances de ses amis et les vives instances de Radieuse[1], sa compagne, revint à moi, entraîné par la puissance du charme. Il y a plus : la vieille m'apprit encore un secret pour inspirer à Fulgence la haine la plus vive contre Radieuse. Il s'agissait d'observer la trace des pas de cette fille, de les effacer en posant le pied droit où elle avait posé le pied gauche et le pied gauche sur l'empreinte du droit en répétant : *je te surmonte et je te surpasse.* J'ai fait tout ce qu'elle m'avait prescrit.

BOURDONNETTE : Ne tarde plus, Labacchante, ne tarde plus à envoyer quérir la Syrienne. Et toi Lapointe, prépare le soufre, le pain et tout ce qu'il nous faut pour l'enchantement !

1. Phoibis (la Brillante).

## V

# Poussette et La Lionne

1 POUSSETTE : Nous en apprenons de belles sur ton compte, La Lionne ! La Grandeur[1], cette riche Lesbienne, est éprise de toi comme le serait un homme. Vous vivez ensemble et il se passe je ne sais quoi entre vous. Qu'en est-il ? Tu rougis ? Cela est-il vrai ?

LA LIONNE : Il y a du vrai, Poussette. Mais j'en suis toute honteuse. C'est si étrange !

POUSSETTE : Qu'est-ce à dire, par Aphrodite ? Que veut cette femme ? Que faites-vous lorsque vous êtes ensemble ? Tu ne m'aimes pas, sans quoi tu ne me cacherais rien.

1. Mégilla (de *mégas*, « grand »).

LA LIONNE : Je t'aime plus que personne, mais elle est terriblement mâle.

2 POUSSETTE : Je n'y comprends goutte. Tu veux dire que c'est une de ces prostituées pour femmes. On dit qu'il en est de cette race à Lesbos. D'apparence virile, androphobes à tous les diables, elles jouissent elles-mêmes des femmes comme si elles étaient des hommes.

LA LIONNE : C'est quelque chose de semblable.

POUSSETTE : Eh bien, raconte-moi, La Lionne, ses premières avances, ta séduction et le reste de l'aventure.

LA LIONNE : Elles avaient organisé une partie, elle et Miss-Peuple[1] de Corinthe, femme opulente et adonnée aux mêmes pratiques que La Grandeur. Elle m'envoyèrent quérir pour que je leur fasse de la musique. Je finissais de jouer de la cithare. Il était tard et temps d'aller dormir. Nos dames étant avinées, La Grandeur me dit : « Allons, La Lionne, c'est une belle heure pour s'allonger. Couche avec nous et mets-toi entre nous deux. »

POUSSETTE : Tu t'es couchée ? Et puis après, que s'est-t-il passé ?

3 LA LIONNE : Ensuite, elles m'ont baisée comme des hommes, non seulement en appliquant les lèvres, mais en entrouvrant légèrement

1. Dèmonassa (reine du peuple).

la bouche, en m'étreignant et pétrissant mes seins. Quant à moi, je n'y comprenais rien : où voulaient-elles en venir ? Enfin, La Grandeur, au comble de l'excitation, ôta une perruque faite à se méprendre, un vrai parangon d'ordonnance bigoudineuse, et se montra rasée jusqu'à la peau comme un athlète gaillard. Ce spectacle me causa un trouble violent. « La Lionne, me dit-elle, as-tu vu mâle mieux pourvu ? – Mais, lui dis-je, je ne vois point de garçon. – Ne parle pas de moi au féminin, répondit-elle, il faut m'appeler Le Grandard[1]. J'ai, depuis longtemps, épousé Miss Peuple. Elle est ma femme. » À ces mots, Poussette, je succombai à un fou rire incoercible : « Ô Grandard, tu étais un homme sans que nous le sachions, comme Achille, caché au milieu des femmes dans ses effets de pourpre. Mais alors, aurais-tu entre les jambes quelque virilité pour oser ainsi faire le mâle avec Miss Peuple ? – Non, je n'ai pas ce dont tu parles, La Lionne, répliqua-t-elle. Mais la chose n'est pas absolument nécessaire. D'ailleurs, tu me verras à l'œuvre. Je travaille de manière très jouissive. – Tu es donc une espèce d'hermaphrodite, repris-je, doublement harnaché comme le croient bien des gens ? » Car, j'étais, ma Poussette, en-

1. Mégillos, masculin de Mégilla (soit La Grandeur – Le Grandard).

core oie blanche sur le sujet. Et elle de répondre : « Non ! je suis homme sur tous les plans. »

4 C'est ce que m'a raconté la béotienne Don-de-science[1], une flûtiste, bonne conteuse des récits de son terroir. Il y eut jadis un Thébain changé de femme en homme. C'était aussi un devin émérite, nommé Tirésias. T'est-il arrivé quelque chose d'analogue ? – Non, dit La Lionne, je suis venue au monde comme vous toutes mais j'ai la mentalité, les inclinations et tous les autres attributs du mâle. – Et tes désirs te suffisent ? – Laisse-moi faire, La Lionne, si tu es incrédule. Tu verras que je suis aussi experte que n'importe quel homme. J'ai quelque viril palliatif de mon cru. Encore une fois, laisse-toi faire et tu verras. » Je me suis laissée faire, Poussette. J'ai cédé à ses instances, qu'accompagnaient un magnifique collier et une robe de lin aux mailles très fines. Je l'ai étreinte comme si elle avait été homme. Elle me travaillait au corps, me baisait partout. Haletante, elle retomba bientôt, manifestement inondée de plaisir.

POUSSETTE : Mais que fit-elle, et comment ? C'est avant tout ce que j'aimerais savoir.

LA LIONNE : Ne mets pas tant d'obstination à vouloir des détails. Ce sont des saletés ! Aussi, par l'Ouranienne, je n'en dirai pas plus !

1. Ismènodôra.

## VI

# Virginette[1] et La Touffe[2]

1 LA TOUFFE : Eh bien, Virginette, tu vois à présent que ce n'est pas, comme tu te le figurais, un malheur si fâcheux que de perdre son pucelage ! Tu vis avec un joli garçon, tu as gagné une mine en un tournemain. Voici de quoi te permettre d'acheter un collier.

VIRGINETTE : Oui, m'man. Et qu'il y ait surtout de beaux rubis, comme celui de Mamour.

LA TOUFFE : Il sera tout semblable. Mais écoute encore mes autres conseils. Voici ce que tu dois faire et comment il faut s'y prendre avec les hommes. Nous n'avons pas d'autres moyens

1. Corinne (petite vierge).
2. Crobyle (touffe de poils).

de nous entretenir, ma fille. Depuis deux ans que ton bienheureux père est mort, tu ne peux te douter comment nous avons vécu. De son vivant, nous ne manquions de rien. C'était un excellent forgeron qui s'était taillé une solide réputation au Pirée. Tout le monde encore aujourd'hui dit qu'on ne verra jamais ouvrier de la trempe de Galantin[1]. Après sa mort, je fus contrainte de brader ses tenailles, son enclume et son marteau, ce qui nous permit de vivre quelques temps. Ensuite, j'ai été fileuse, j'ai poussé la navette, j'ai tourné le fuseau afin de gagner chétivement ma pitance. Et je t'ai élevée, chère enfant, comme mon unique espérance.

2 VIRGINETTE : Tu veux parler de la mine ?

LA TOUFFE : Non ; j'ai pensé qu'à ton âge, c'est toi qui me nourrirais en te procurant pour ton compte de belles toilettes, de l'aisance, des robes de pourpre, des servantes.

VIRGINETTE : Comment cela, maman ? Que veux-tu dire ?

LA TOUFFE : En vivant avec des garçons, en buvant et en couchant avec eux contre de l'argent.

VIRGINETTE : Comme Lalyre[2], la fille de Laurel[3] ?

1. Philinos.
2. Lyra (la lyre).
3. Daphnis (de *daphnè*, « laurier »).

LA TOUFFE : Oui.

VIRGINETTE : Mais maman, c'est une galante patentée !

LA TOUFFE : Il n'y a rien de terrible à cela. Tu deviendras riche comme elle, tu auras une cohorte de soupirants. Pourquoi ces larmes, Virginette ? Ne vois-tu pas à quel point nous regorgeons de courtisanes, comme elles sont recherchées, combien elles gagnent d'argent ? J'ai connu Laurel en hardes, ô Dame fatale[1], avant que sa fille ne fût jolie et qu'elle drainât les regards après soi. Tu vois maintenant comme elle est mise : elle a de l'or, des robes de dentelle, quatre suivantes.

3 VIRGINETTE : Comment Lalyre a-t-elle gagné tout cela ?

LA TOUFFE : D'abord, elle s'habille avec élégance. Elle est bien mise, elle fait bon visage à tous, sans rire à gorge déployée comme toi, mais en prenant un air souriant, débonnaire. Ensuite, elle traite tous les hommes avec adresse, sans tromper ceux qui viennent la voir ou qui la reconduisent, mais aussi sans s'attacher à aucun. Si pour salaire on la fait venir à un festin, au lieu de s'enivrer, défaut des plus ridicules et que

1. Adrastée (de *a-didraskô*, « à qui on ne peut échapper »), autre nom de Némésis, déesse que l'on invoquait quand on avait parlé de soi un peu avantageusement, parce qu'elle punissait les orgueilleux.

les hommes détestent, au lieu de se jeter sur les plats avec la rapacité d'une malapprise, elle touche délicatement les mets du bout des doigts, mastique chaque bouchée en silence, sans se remplir les bajoues, boit doucement, non pas tout d'un coup, mais par petits traits.

VIRGINETTE : Même lorsqu'elle a soif, maman ?

LA TOUFFE : Surtout lorsqu'elle a soif, Virginette. Elle ne parle pas plus qu'il ne faut, ne raille point ses commensaux et ne regarde que celui qui la paye. En un mot, elle est la coqueluche du demi-monde ! Lorsqu'il faut se mettre au lit, elle ne doit point jouer les serre-fesses et encore moins les sangsuelles[1]. Son seul souci doit être de captiver son amant et de se l'attacher. C'est là l'unique objet d'une approbation commune. Si tu retiens bien cette leçon, nous aussi nous en serons heureuses. Tes attraits sont bien supérieurs aux siens... Mais je n'en dis pas plus long. Viens à notre aide, Dame Fatale ! Je souhaite seulement que tu vives !

4 VIRGINETTE : Dis-moi, maman, tous ceux qui nous donneront de l'argent ressembleront-ils à La Palice[2] avec qui j'ai couché hier ?

1. Néologisme de Jules Laforgue.
2. Eucrite (clair, évident).

LA TOUFFE : Non. Il y en a de plus beaux, de plus gaillards. Quelques-uns en revanche sont d'une laideur consommée.

VIRGINETTE : Et il faudra que je couche aussi avec ceux-là ?

LA TOUFFE : Mais certainement, ma fille. Ce sont eux qui payent le mieux. Les beaux, ces vaniteux, n'espèrent qu'une chose : monnayer leur beauté. Songe avant tout aux gros bénéfices, si tu veux que bientôt, toutes les femmes disent en te montrant du doigt :

– Voyez Virginette, la fille de La Touffe. Comme elle est riche ! Comme elle a rendu sa mère trois fois heureuse !

Qu'en dis-tu ? Feras-tu cela ? Oui, tu le feras, j'en suis sûre. Bientôt, tu régneras sur toutes tes rivales. Maintenant, va prendre un bain. Il se peut que le jeune La Palice revienne aujourd'hui. Il me l'a promis.

VII

## Musette et sa mère

1 LA MÈRE : Si nous trouvons encore, Musette, un galant comme Prospère[1], il faudra saigner une bique toute blanche pour la patronne des Galvaudeuses[2], immoler une génisse à l'Ouranienne des jardins[3] et offrir une couronne à la Dispensatrice des Picaillons[4]. En effet, nous serons alors heureuses, oui vraiment, fort heureuses nous serons ! Tu vois tout ce que nous recevons de ton libéral galant. Pour ce qui est des oboles, des robes, des escarpins, des parfums :

1. Chéréa (de *khairô,* « se réjouir »).
2. Aphrodite pandème, déesse des courtisanes.
3. Statue d'Alcamène représentant Aphrodite. Voir Pline, *Histoire Naturelle,* XXXVI, 16.
4. Déméter.

point de nouvelles. En revanche, c'est Maître Renard quand il nous paye d'excuses sempiternelles, de promesses évasives et d'espérances à long terme. Il répète sans cesse : « Ah, si mon père ! Ah, si j'étais maître de l'héritage, tout serait à toi ! » Et toi, tu prétends qu'il a juré de t'épouser !

MUSETTE : Oui ma mère, il me l'a juré par les deux déesses et par Athéna la protectopole[1].

LA MÈRE : Et tu le crois ? C'est probablement pour cette raison que l'autre jour, comme il n'avait pas de quoi payer son écot, tu lui as donné ta bague à mon insu. Il est allé la vendre pour boire. Tu lui as donné ensuite ces deux colliers d'Ionie qui pesaient chacun deux dariques et que Combinard[2], l'armateur de Chios, t'avait rapportées d'Éphèse. Il fallait bien, en effet, que Prospère eût de l'agent pour souper en bonne compagnie. Quant à tes robes et à tes chemises, je n'en parle pas. En vérité, ce garçon est une pluie d'or qu'Hermès a fait tomber sur nous...

2 MUSETTE : Mais il est beau et imberbe. Il me dit qu'il m'adore. Il pleure. Et puis, c'est le fils de Trouillenguerre[3] et de Ducharnier[4] l'aréopagite. Il promet de m'épouser. Il nous donnera les plus belles espérances dès que son père aura les yeux clos.

1. Athéna protectrice de la ville.
2. Praxias.
3. Deinomaque (terrible combat).
4. Le nom commun *lachès* désigne une fosse.

LA MÈRE : Eh bien, Musette, quand nous aurons besoin de souliers et que le cordonnier nous demandera une double drachme, nous lui dirons : « Nous n'avons pas d'argent mais nous allons vous payer de quelques espérances. Prenez ! » Nous en dirons autant au boulanger et quand on nous demandera notre terme : « Attendez, dirons-nous, que Ducharnier soit mort. Nous vous payerons après notre mariage. » N'est-ce pas une honte que tu sois la seule de toutes tes compagnes à n'avoir ni pendants d'oreilles, ni colliers, ni robe de Tarente ?

3 MUSETTE : Eh bien, ma mère, sont-elles pour cela plus heureuses ou plus belles que moi ?

LA MÈRE : Non, mais elles sont plus avisées. Elles savent leur métier, elles ne prennent pas pour argent comptant les paroles de ces enjôleux qui ne jurent que du bout des lèvres. Toi, tu es fidèle, attachée à ton Prospère comme s'il était ton époux. Tu ne reçois personne d'autre que lui. L'autre jour, lorsque ce laboureur acharnien, qui n'a pas de barbe non plus, vint t'offrir deux mines, puis du vin que son père lui avait envoyé vendre, tu le refusas en faisant ta mijaurée. Mais tu avais promis ta nuit à Prospère, ton cupidonet[1].

MUSETTE : Quoi donc ? Fallait-il chasser Prospère pour recevoir ce tâcheron qui pue le bouc ?

1. Littéralement : « ton Adonis ».

Prospère a une peau de bébé. À côté, l'Acharnien est un vrai goret !

LA MÈRE : J'en conviens. L'autre est un rustre et il ne sent pas bon. Mais Lariposte[1], fils de Perénnocrate[2] qui te promettait une mine, pourquoi ne l'as-tu pas reçu ? Il est beau, poli, de l'âge de Prospère.

4 MUSETTE : Ah, ma mère, Prospère m'a menacée de nous tuer tous les deux s'il nous trouvait ensemble !

LA MÈRE : Combien d'autres ont fait de ces menaces ! Avec tout cela, tu n'auras pas d'amants, tu vivras comme une pudibondieuse. Tu ne seras pas une galante mais une de ces bigotes vouées à la Législatrice[3]. Mais à propos, c'est aujourd'hui la fête des Granges. Que t'a-t-il donné pour les festivités ?

MUSETTE : Un petit rien bordé de jaune, m'man...

LA MÈRE : Il est donc le seul qui ne sache pas escroquer son père, lui dépêcher un fripon d'esclave, demander de l'argent à sa mère en la menaçant, si elle refuse, d'être pétrolonaute[4]. Il aime mieux faire la grue chez nous, car il nous

1. Antiphon (de *anti*, « contre », et *phôn*, « la voix »).
2. Ménécrate (de *ménô*, « rester », et *cratos*, « le pouvoir »).
3. Déméter, la Thesmophore.
4. Marin de seconde catégorie, navigateur d'un genre très commun (voir Raymond Queneau, *Exercices de style*).

gruge ! Il ne nous donne rien et met son veto sur les présents qu'on nous fait. Crois-tu donc, Musette, que tu auras toujours seize ans ? Que Prospère mettra dans la passion qu'il a pour toi une même constance dès qu'il sera riche et que sa mère lui aura trouvé un bon parti ? À la vue d'une dot de cinq talents, se souviendra-t-il, dis-le moi, de ses larmes, de ses baisers et des serments qu'il t'aura faits ?

MUSETTE : Il s'en souviendra. La preuve, c'est qu'il n'a pas encore voulu se marier, malgré les instances et la contrainte. Il a toujours refusé.

LA MÈRE : Puisse-t-il ne pas mentir ! Mais Musette, je te rafraîchirai la mémoire en temps voulu.

## VIII

# Lavigne[1] et Bijou[2]

1 LAVIGNE : L'homme qui n'est pas jaloux, Bijou, qui ne décolère point, ne donne aucun soufflet, n'arrache pas de cheveux et ne déchire pas de robes, cet homme-là, dis-je, n'est pas amoureux.

BIJOU : Comment, Lavigne ? Sont-ce là les seules preuves de tendresse ?

LAVIGNE : Oui, ma chère, c'est l'indice d'un cœur vraiment épris. Tout le reste, baisers, larmes, serments, visites assidues, sont les marques d'un amour au berceau, ses prémisses. Mais c'est dans la jalousie qu'éclate le véritable feu. Si donc

1. Ampélis (jeune vigne).
2. Chrysis (bijou d'or).

Flamboyant[1] t'a giflée comme tu dis, s'il est jaloux, aie bon espoir, et souhaite qu'il agisse toujours de même.

BIJOU : Toujours de même ! Que dis-tu là ? Tu veux qu'il me gifle toujours ?

LAVIGNE : Non, mais qu'il ne puisse souffrir que tu en regardes un autre que lui. En effet, s'il n'était pas amoureux, il ne se mettrait pas en colère en te voyant un autre amant.

BIJOU : Mais je n'en ai pas d'autre. C'est sans motif qu'il me soupçonne de fricoter avec ce banquier dont je lui ai parlé étourdiment l'autre jour.

2 LAVIGNE : Ce n'est pas désagréable pour toi qu'on te soupçonne d'être recherchée par les riches. Ton amant en éprouvera plus de chagrin, il se piquera d'honneur et craindra de rester en arrière de ses rivaux.

BIJOU : Oui, mais en attendant, il ne fait que fulminer et donner des soufflets. Ce sont là ses seuls présents.

LAVIGNE : Il t'en donnera d'autres. Les jaloux ont l'humeur chagrine.

BIJOU : Je ne sais pas, ma petite Lavigne, pourquoi tu veux que je reçoive des soufflets.

LAVIGNE : Je ne le désire pas. Mais, je te le dis, ils deviennent fort amoureux quand ils s'imagi-

1. Gorgias (de *gorgos*, « impétueux »).

nent qu'on les dédaigne. Lorsqu'au contraire un amant se figure qu'il est seul favorisé, son délire se refroidit. Je te parle d'après une expérience de vingt ans et tu n'en as pas dix-huit. Si tu veux, je te raconterai ce qui m'est arrivé il y a quelques années. J'avais pour amant Foulumineux[1] l'usurier, qui demeure derrière le Portique aux pinacothèques[2]. Jamais il ne m'avait donné plus de cinq drachmes et il voulait être le maître. Il ne m'aimait, Bijou, que d'un amour de libellule, à fleur d'eau : jamais de soupirs, de larmes, d'attentes nocturnes devant ma porte. Il me faisait l'amour tout simplement à distance.

3 Un jour il vint me voir. Je lui fermai la porte au nez. J'avais chez moi le peintre Belœil[3] qui m'avait envoyé dix drachmes. Il s'en repartit, pestant contre moi. Quelques jours s'écoulèrent, je ne l'envoyai pas quérir. Belœil était encore chez moi. Foulumineux s'échauffa, il arriva tout enragé, vit la porte ouverte, entra, pleura, me frappa, menaça de me tuer, déchira ma robe, me fit... des choses. Pour finir, il me donna un talent pour lequel il eut le privilège de me posséder huit mois durant. Sa femme disait à la cantonade que je l'avais ensorcelé avec des philtres.

1. Démophante (de *dèmos*, « peuple », et *phainô*, « faire briller »).
2. Le Pœcile.
3. Callidès (de *kallos*, « beau », et *idein*, « voir »).

Or, ce philtre n'était rien d'autre que la jalousie. Use de cette recette, Bijou, avec ton Flamboyant. C'est un garçon qui sera riche, s'il arrive quelque chose à son père.

## IX

# La Gazelle[1], Nuit-de-Fête[2], Philostrate et Va-t-en-Guerre[3]

1 LA GAZELLE : Nous sommes perdues, maîtresse, nous sommes perdues ! Va-t-en-guerre est revenu du combat tout cousu d'or, à ce qu'on dit. Je l'ai vu passer vêtu d'un manteau de pourpre que retenait une agrafe dorée et suivi d'une cohorte de valets de pieds. Dès que ses amis l'ont aperçu, ils sont venus l'embrasser. Puis, j'ai avisé derrière lui le garçon qui l'avait accompagné dans sa dernière campagne. Je l'ai abordé en le saluant la première : « Eh bien, Fidèle[4], lui ai-je

1. Dorcas (antilope).
2. Pannykhis (réjouissance nocturne).
3. Polémon (de *poléméô*, « guerroyer »).
4. Parménôn (qui accompagne fidèlement).

dit, comment vont nos affaires ? Nous rapportez-vous de l'argent de la guerre ? »

NUIT-DE-FÊTE : Quel mauvais début, il fallait lui dire plutôt : « Ah ! Vous voilà sains et saufs ! Grâce en soit rendue aux dieux. Oui, grand merci à Zeus l'Hospitalier et à Athéna la Guerroyante. Ma maîtresse me harcelait chaque jour de pressantes questions. Que faisiez-vous ? Où étiez-vous donc ? » Et si tu avais ajouté par exemple : « Elle a pleuré, elle n'a fait que penser à Va-t-en-guerre », c'eût été encore mieux.

2 LA GAZELLE : C'est ce que j'avais commencé par lui dire. Mais je ne voulais pas te le répéter, pressée que j'étais de te rapporter des nouvelles fraîches. Quand je fus auprès de ce Fidèle, je lui ai dit : « Fidèle, est-ce que les oreilles ne vous cornaient pas en votre absence ? Ma maîtresse ne parlait que de vous et toujours en versant des larmes, surtout quand il arrivait quelque courrier d'un combat où l'on disait qu'il y avait beaucoup de morts. Elle s'arrachait les yeux, se meurtrissait la poitrine et fondait en pleurs à la moindre petite nouvelle. »

NUIT-DE-FÊTE : Voilà qui est très bien, La Gazelle. Tu as fait ce qu'il fallait.

LA GAZELLE : Un instant après, je lui ai posé la question que j'ai dite. Alors lui de répondre : « Glorieux retour pour nous ! »

NUIT-DE-FÊTE : Comment ! Son premier mot n'a pas été que Va-t-en-guerre pensait encore à moi ou qu'il n'appréhendait rien tant que de me trouver malade à son retour ?

LA GAZELLE : Il m'a dit toutes sortes de choses de cet acabit. Mais le principal est qu'il m'a parlé de montagnes de richesses, d'or, d'étoffes, d'esclaves, d'ivoire. Ils apportent de l'argent, non plus compté mais mesuré au quintal[1], des quintaux entiers. Fidèle arbore lui-même à l'auriculaire un anneau gigantesque, taillé à facettes, avec une pierre tricolore, d'un rouge fort vif. Je l'ai laissé alors qu'il me contait comment, après avoir traversé l'Halys[2], ils avaient tué Tiridate et comment Va-t-en-guerre s'était comporté dans une rencontre avec les Pisides[3]. Et je suis venue en courant te faire part de ces nouvelles afin que tu décides quel parti prendre en la circonstance. En effet, si Va-t-en-guerre arrive ici (or il va venir aussitôt qu'il sera débarrassé de ses amis), s'il apprend ce qui s'y trame, et s'il rencontre Philostrate, que crois-tu qu'il fera ?

3 NUIT-DE-FÊTE : Cherchons, La Gazelle, à sortir d'embarras. Il n'est pas honnête de renvoyer Philostrate qui m'a donné l'autre jour un

1. Littéralement : « au médimne » (c'est-à-dire six setiers ; le setier faisant entre cent cinquante et trois cents kilos).
2. Fleuve d'Asie Mineure.
3. Habitants de Pisidie, contrée d'Asie Mineure.

talent. C'est d'ailleurs un marchand qui fait de belles promesses. D'un autre côté, je perdrais beaucoup à désobliger Va-t-en-guerre en un retour si glorieux. Tu connais en outre sa jalousie. Insupportable, quand il était pauvre, que ne fera-t-il pas maintenant qu'il a du bien ?

LA GAZELLE : Le voici qui arrive !

NUIT-DE-FÊTE : Ah ! Je me trouve mal, La Gazelle ! Je ne sais plus que faire. Me voilà toute trémébonde !

LA GAZELLE : Voilà aussi Philostrate !

NUIT-DE-FÊTE : Que vais-je devenir ? Je voudrais être à cent pieds sous terre !

4 PHILOSTRATE. Eh bien, Nuit-de-fête, que tardons-nous à nous mettre à boire ?

NUIT-DE-FÊTE : Malheureux ! Tu me perds ! Bonjour, Va-t-en-guerre. Comme il y a longtemps qu'on ne t'a vu !

VA-T-EN-GUERRE : Quel est ce drôle qui vient d'entrer chez toi ? Tu fais ta cagotine ! Eh bien, va faire un tour, Nuit-de-fête ! Et moi qui suis venu des Thermopyles jusqu'ici en cinq jours pour retrouver cette femme ! Ce qui m'arrive est une leçon qui me rendra sage à l'avenir. Désormais, tu ne me grugeras plus.

PHILOSTRATE : Tiens, qui es-tu donc mon ami ?

VA-T-EN-GUERRE : As-tu entendu parler d'un certain Va-t-en-guerre de Stiriée, de la tribu des

Tout-divins[1], jadis chiliarque[2], aujourd'hui capitaine de cinq mille hommes, amant de Nuit-de-fête tant que je la croyais raisonnable.

PHILOSTRATE : Eh bien, Seigneur capitaine des mercenaires, maintenant Nuit-de-fête est à moi. Elle a reçu un talent et en recevra un autre dès que j'aurai placé des marchandises. Allons ! Suis-moi, Nuit-de-fête ! Laisse-le et qu'il aille se faire encoloneliser[3] chez les Zoulous[4].

LA GAZELLE : Elle est bien libre de le suivre, si elle veut.

NUIT-DE-FÊTE : Que faire, La Gazelle ?

LA GAZELLE : Le mieux est de rentrer chez toi. Va-t-en-guerre est trop en colère pour que tu restes ici. Et puis sa jalousie ne fera qu'empirer.

NUIT-DE-FÊTE : Puisque tel est ton désir, rentrons !

VA-T-EN-GUERRE : Très bien ! Mais je vous dis que c'est la dernière fois que vous boirez ensemble. Ce n'est pas en vain que j'ai répandu tant de sang innocent. Holà, mes gens ! Thraces, Fidèle ! En avant ! Que la phalange occupe la place ! Sur le front les hoplites, de chaque côté les frondeurs et les archers. Quant au reste, à l'arrière-garde !

1. De Pandiôn (littéralement : tout divin).
2. Commandant de mille hommes.
3. Littéralement : « qu'il aille faire le chiliarque ».
4. Les Odryses (peuple lointain, situé au nord de la Thrace).

PHILOSTRATE : Ah, monsieur le mercenaire, tu nous prends pour des enfants de chœur ! Trêve de croquemitaineries ! Mais tu n'as pas même rapiérisé l'ombre d'une poule ! As-tu seulement vu la guerre de tes yeux ? Tu as peut-être été chef de quelque escouadille en faction devant un petit pan de mur. Et encore, c'est te faire là beaucoup d'honneur.

VA-T-EN-GUERRE : Tu en sauras des nouvelles, quand tu nous verras la canne à la main avec nos dards bien fourbis.

PHILOSTRATE : Viens donc ici en ordre de bataille. Moi et Troisarpion[1], mon unique laquais, nous vous recevrons à coup de pierres et de coquilles d'huîtres. Pris de panique, vous ne saurez plus où vous terrer.

1. Tibéios (proche de *tibèn*, « trépied »).

X

## La Plume[1] et Roselette[2]

1 LA PLUME : Ne vient-il donc plus te voir, Roselette, le jeune La Gloire[3] ? Il y a un siècle que je ne l'ai vu chez vous.

ROSELETTE : Non, ma chère Plume, son maître lui a défendu de me toucher.

LA PLUME : Quel est cet homme ? Veux-tu parler de Diotime le gymnaste ? Il est de mes amis.

ROSELETTE : Non ; c'est un philosophe maudit, un certain Aristologe[4].

1. Chélidonion (petite hirondelle).
2. Drosis (de *drosos*, « la rosée »).
3. Clinias (de *cleinos*, « illustre », « glorieux »).
4. Aristénète (de *aristos*, « le meilleur », et *ainéô*, « louer »).

LA PLUME : Quoi ? Ce sinistre butor, velu et barbu, qui a coutume de déambuler avec des jeunes gens dans le Portique aux pinacothèques ?

ROSELETTE : Justement ! Un charlatan que je voudrais voir traîner par la barbe et écarteler par le bourreau.

2 LA PLUME : Comment a-t-il fait pour décider La Gloire ?

ROSELETTE : Je n'en sais rien, amie Plume. Mais ce garçon, qui n'a pas découché une seule nuit depuis qu'il sait ce que c'est qu'une femme, commerce auquel je l'ai initié, n'a pas mis le nez dans notre rue depuis trois jours. Inquiète et poussée par je ne sais quel pressentiment, j'envoyai Bichette[1] en éclaireuse, pour voir s'il était à l'Agora ou au Portique. Elle m'a rapporté qu'elle l'avait vu à la promenade avec son maître. Mais sitôt qu'elle lui fit signe, il rougit et baissa les yeux en détournant la tête. Ils entrèrent ensemble dans la ville. Bichette les suivit jusqu'au Double-Portique. Mais comme il ne se retourna pas une seule fois, elle revint sans pouvoir rien me dire qui me confortât. Songe un peu dans quel état je suis depuis ce temps-là. Je me perdis en conjectures sur ce qu'on fit à ce jeune homme. Mais, disais-je en moi-même, je ne lui ai jamais fait la moindre peine. A-t-il un

1. Nébris (peau de faon).

autre amour qu'il m'ait fait prendre en haine ? C'est son père qui lui défend de revenir ! Telles étaient les pensées qui me passaient par la tête. Le soir, assez tard, La Course[1] m'apporta un billet de la part de son maître. Tiens, lis-le toi-même, La Plume ! Tu sais lire, n'est-ce pas ?

3 LA PLUME : Voyons cette lettre. L'écriture n'est pas merveilleuse. Les caractères embarrassés indiquent un homme qui a écrit à la hâte. Mais lisons : *Les dieux me sont témoins, ô chère Roselette, que je t'aime plus que moi-même...*

ROSELETTE : Ah le malheureux, il ne m'a pas seulement dit bonjour !

LA PLUME : *Et maintenant, ce n'est pas la haine, mais la contrainte qui me sépare de toi. Mon père m'a remis aux mains d'Aristologe pour étudier la philosophie. Ce maître, qui connaît notre liaison, m'en a fait de vifs reproches en me disant que c'était un solécisme*[2] *de tomber dans le ruffianisme quand on était fils d'Architélès et d'Érasiclée, car on doit, par-dessus tout, préférer le vertuisme à l'hédonisme.*

ROSELETTE : Qu'il aille se faire voir chez les Grecs, le bélître qui donne de semblables leçons à la jeunesse !

LA PLUME : *Il faut de toute nécessité que je lui obéisse ; il me suit partout et me garde avec soin, et*

1. Dromon (de *dromos*, « course »).
2. Littéralement : « une indignité ».

*il ne me laisse voir que lui. Si je suis sage et si je fais tout ce qu'il me dit, il promet que je serai heureux et vertueux pour prix de mes efforts. J'ai eu toutes les peines du monde à t'écrire ces mots en catimini. Sois heureuse et n'oublie jamais La Gloire.*

4 ROSELETTE : Que dis-tu de cette lettre, La Plume ?

LA PLUME : Que tout le reste est écrit à la diable[1] mais que les mots « *N'oublie jamais La Gloire* » laissent encore un soupçon d'espoir.

ROSELETTE : C'est ce que je crois aussi, mais je meurs d'amour. D'ailleurs La Course m'a dit qu'Aristologe était un culomane[2] qui, sous couvert de philosopher, vivait avec les plus jolis garçons. Il a déjà eu quelques tapetto-tripotages particuliers avec La Gloire. Il l'a galvanisé de belles promesses et lui a dit qu'il le rendrait égal aux dieux. Il lit même avec lui les dialogues d'amour des anciens philosophes avec leurs disciples. Enfin, il obsède le pauvre jeune homme. Mais La Course l'a menacé d'en donner avis au père de La Gloire.

LA PLUME : Ce La Course, Roselette, il fallait le vinigastériser !

ROSELETTE : C'est ce que je fis. Sans cela néanmoins il eût été à mon service. Il s'est entiché de Bichette.

1. Littéralement : « à la scythe ».
2. Un pédéraste.

LA PLUME : Du courage ; tout ira bien. Moi, je suis d'avis d'écrire sur la muraille du Céramique, du côté où Architélès a coutume de se promener : *Aristologe, l'attrape-mignons corrompt La Gloire.* Cette inscription coïncidera à merveille avec la course de La Course.

ROSELETTE : Mais comment feras-tu pour qu'on ne te voie pas écrire ?

LA PLUME : J'irai écrire la nuit avec un charbon que je prendrai n'importe où.

ROSELETTE : À merveille ! Unissons-nous, La Plume, pour faire la guerre à ce grand malitorne d'Aristologe !

XI

## Fleur-des-Pois[1] et Bienvenu[2]

1 FLEUR-DES-POIS : A-t-on jamais vu prendre une courtisane, la payer cinq drachmes, coucher avec elle et lui tourner le dos pour ne faire que soupirer et larmoyer ? Non ! Tu n'avais hier aucun plaisir à boire. Seul, tu ne pouvais pas manger et, pendant le repas, tu fondais en larmes. Je le voyais bien. Et encore maintenant, tu pleures comme un enfant. D'où viennent, Bienvenu, toutes ces façons d'agir ? Ne me cache rien. J'aurai du moins gagné cela à passer une nuit blanche avec toi.

BIENVENU : L'amour me tue, Fleur-des-pois. Je ne puis résister à la violence de mon mal.

1. Tryphène (de *truphè*, « dédain »).
2. Charmide (de *chairô*, « se réjouir »).

FLEUR-DES-POIS : Mais ce n'est pas moi que tu aimes. C'est évident, car je n'éprouverais ni tes dédains, ni tes refus, quand je veux t'embrasser. Tu n'élèverais pas entre nous deux la muraille de tes habits, de peur que je ne te touche. Mais dis-moi quelle est la belle. Peut-être pourrai-je te servir dans tes amours. Ce genre d'offices est mon affaire.

BIENVENU : Ah ! Tu la connais bien et elle te connaît. C'est une galante à la mode.

2 FLEUR-DES-POIS : Dis-moi son nom, cher Bienvenu.

BIENVENU : Baisicoton[1].

FLEUR-DES-POIS : De laquelle veux-tu parler ? Elles sont deux. Est-ce celle qui demeure au Pirée, celle qui a depuis peu abandonné son pucelage et qui a pour amant[2] le fils de l'actuel général ? Ou bien est-ce l'autre, celle qu'on a surnommée Tapette[3] ?

BIENVENU : C'est Tapette ; c'est elle qui me tue. Elle m'a pris à son piège.

FLEUR-DES-POIS : Et c'est pour elle que tu verses tant de larmes ?

BIENVENU : Oui, sans doute.

FLEUR-DES-POIS : Y a-t-il longtemps que tu l'aimes ou cet amour est-il de fraîche date ?

1. Philèmation (petit baiser).
2. Damulos (étymologie incertaine).
3. Pagis (trébuchet, ratière).

BIENVENU : Il date de longtemps, près de sept mois, depuis la fête du Vin. C'est là que je l'ai vue pour la première fois.

FLEUR-DES-POIS : Mais l'as-tu vue toute entière ou seulement son visage ? Et consent-elle à se laisser voir en femme qui a ses quarante-cinq ans ?

BIENVENU : Que dis-tu ? Elle jure qu'elle aura vingt-deux ans en mars prochain !

3 FLEUR-DES-POIS : Et crois-tu à ses serments plus qu'à tes propres yeux ? Examine-la bien. Détaille ses tempes qui ne portent plus que quelques cheveux. Le reste est une perruque bien fournie. Quand la couleur dont elle se teint sera effacée, tu la verras couverte d'un toupet gris. Mais ce n'est pas assez : presse-la de se montrer nue.

BIENVENU : Elle n'a jamais voulu m'accorder cette faveur.

FLEUR-DES-POIS : Ce n'est pas sans raison. Elle sait bien que tu ne pourrais sans dégoût voir toute sa marqueterie de taches blanches. Depuis la gorge jusqu'aux genoux, elle ressemble à une panthère. Et c'est pour cette belle que tu soupires ? Mais as-tu donc essuyé ses rigueurs et ses mépris ?

BIENVENU : Oui, Fleur-des-pois, malgré les présents dont je l'ai comblée. Aujourd'hui, parce que je n'ai pu lui donner tout de suite les mille drachmes qu'elle m'a demandées – tu sais l'avarice de mon père –, elle a reçu Bouvillard[1] et m'a laissée à la porte. C'est pour lui rendre le chagrin qu'elle m'a causé que je t'ai envoyée quérir.

FLEUR-DES-POIS : Par Aphrodite, je ne serais pas venue si l'on m'avait dit que tu m'envoyais chercher pour faire de la peine à une autre et surtout à cette tombe de Baisicoton. Je pars. Le coq a déjà chanté pour la troisième fois.

4 BIENVENU : Ne t'en va pas si vite. Si ce que tu me dis de Baisicoton est vrai – qu'elle est bigoudineuse, qu'elle se peinturlure, qu'elle est une mosaïque – je ne saurai plus la regarder.

FLEUR-DES-POIS : Demande à ta mère, au cas où elle aurait pris le bain avec elle. Quant à son âge, ton grand-père pourrait te le dire, s'il vivait encore.

BIENVENU : Puisqu'elle est comme cela, enlevons ce rempart, rapprochons-nous, embrassons-nous et soyons tout à fait ensemble. Je dis adieu pour jamais à Baisicoton.

1. Moschion (petit veau).

## XII

# Violette[1], Pythias et Lysias

1 VIOLETTE : Tu te moques de moi, Lysias ? Et avec raison. Jamais je ne t'ai demandé d'argent, jamais je ne t'ai fermé la porte de ma chambrette en te disant : « Il y a quelqu'un. » Jamais je ne t'ai forcé, comme font les autres, à tromper ton père ou à voler ta mère pour m'apporter quelque présent. Au contraire, je t'ai reçu tout de suite gratis et sans exiger ton écot. Tu sais combien d'amants j'ai éconduits : Gloiradieu[2] aujourd'hui prytane, Bleusard, pilote, Bourdonneau[3], ton camarade qui s'est nouvellement enrichi d'un héritage. Toi

1. Iœssa.
2. Théoclès, un grand nom de l'aristocratie, qui contient lui-même des idées de grandeur, de gloire et de religion.
3. Mélissos (de *mélissa*, « l'abeille »).

seul as toujours été mon Adonis[1]. Je n'ai eu d'yeux que pour toi. Je n'ai ouvert qu'à toi. Je croyais, pauvre folle, à la sincérité de tes serments et que cet amour que je te consacrai me rendait sage comme Pénélope, malgré les hargneries de ma mère qui m'accusait auprès de mes amies. Mais toi, dès que tu t'aperçus de l'empire sous lequel j'étais, dès que tu vis les dégâts de cette consomption amoureuse, tu ne songeas qu'à me chagriner : tantôt en jouant, sous mes yeux, avec La Louve[2], tantôt en me vantant les mérites, quand nous étions couchés ensemble, de Pain-d'épices[3], la joueuse de cithare. Moi, je ne fais que pleurer, et je sens tes outrages. L'autre jour, vous buviez ensemble, toi, Bravache[4] et Bondieusard[5]. Il y avait là Cymbeline[6] la joueuse de flûte et Sansonnette[7]
91 ma rivale. Tu le savais bien. Et que tu aies donné cinq baisers à Cymbeline, je ne m'en suis guère préoccupée. Tu te faisais, en l'embrassant, plus de tort qu'à moi-même. Mais que d'appels du pied à Sansonnette ! Lorsque tu buvais, tu lui présentais la coupe et, en la rendant à l'esclave, tu lui disais à l'oreille de ne servir personne, à moins que

1. Littéralement : mon Phaon.
2. Lycéna.
3. Magidion (de *magis*, « pain au miel »).
4. Thrason (de *thrasus*, « courageux »).
5. Diphile (cher à Zeus).
6. Cymbalion (petite cymbale).
7. Pyrallis (le rouge-gorge).

Sansonnette ne l'eût ordonné. Enfin, tu mordis dans une pomme après t'être assuré que Bondieusard regardait de l'autre côté et se penchait pour causer avec Bravache. Puis tu ajustas ton tir et jetas la pomme dans son sein, sans essayer d'échapper à mes regards. Elle la prit, la baisa et la cacha dans sa gorge, sous son bandeau.

2 Pourquoi te conduis-tu de la sorte ? T'ai-je jamais fait une grande ou une petite injure ? T'ai-je causé le plus léger chagrin ? En ai-je regardé un autre ? N'est-ce pas pour toi seul que je vis ? Ah, Lysias ! Ce n'est pas une belle prouesse que d'affliger une pauvre fille à qui l'amour a troublé la raison. Mais il est une déesse, Adrastée, qui voit tout cela. Peut-être un jour pleureras-tu quand tu apprendras que je n'existe plus, que je me suis pendue ou jetée dans un puits la tête la première, enfin que j'ai trouvé un genre de mort quelconque, pour ne plus t'importuner de ma présence. Tu triompheras alors, comme un homme qui vient d'accomplir un grand et glorieux exploit. Mais pourquoi cet œil torve ? Pourquoi grinces-tu des dents ? Si tu as quelque reproche à me faire, parle, Pythias sera notre juge. Eh bien ! Tu ne réponds point ? Tu t'en vas ? Tu me laisses là ? Vois-tu, ma Pythias, comme Lysias me traite ?

PYTHIAS : Oh, le sauvage ! Comment ? Ces larmes ne t'attendrissent pas ? Tu es donc un roc et non point un homme ? Mais aussi, pour tout dire, c'est toi, Violette, qui l'as gâté par l'excès de ton amour et en laissant voir ta faiblesse. Il ne fallait pas courir ainsi après lui. Les hommes font les fiers quand ils s'aperçoivent qu'on les aime. Cesse de pleurer, ma pauvre enfant et, si tu veux m'en croire, ferme-lui une ou deux fois ta porte au nez. Bientôt, tu verras le forcené s'embraser à son tour.

VIOLETTE : Ne me donne pas de pareils conseils ! Fi donc ! Que je ferme ma porte à Lysias ! Fassent les dieux qu'il ne s'en aille pas le premier.

PYTHIAS : Le voilà qui revient !

VIOLETTE : Tu m'as perdue, Pythias. Il t'a peut-être entendu dire : Ferme-lui ta porte au nez !

3 LYSIAS : Non je ne reviens pas ici pour cette femme, Pythias. Je ne veux plus la voir. C'est pour toi, pour que tu ne blâmes pas ma conduite en disant : Lysias est un homme impitoyable.

PYTHIAS : C'est pourtant ce que j'ai dit, Lysias.

LYSIAS : Tu voudrais donc, Pythias, que je souffre cette Violette, cette infâme qui pleure si bien aujourd'hui, après l'avoir trouvée l'autre jour couchée avec un galant.

PYTHIAS : Eh bien, Lysias, n'est-elle pas courtisane ? Mais quand les as-tu surpris ensemble ?

LYSIAS : Il y a six jours environ, je dis bien six jours. C'était le deux du mois et nous sommes aujourd'hui le sept. Mon père, connaissant ma folle passion pour cette bonne fille, m'avait enfermé, avec défense expresse au portier de m'ouvrir. Moi qui ne puis me passer d'elle, j'ordonnai à La Course de me faire la courte échelle à l'endroit où le mur s'abaisse légèrement et de me laisser grimper sur son dos afin de pouvoir escalader. Bref, je grimpe. J'arrive ici, je trouve la porte d'entrée soigneusement fermée. Il était minuit. Je ne frappe pas. Je soulève doucement la porte, ce que j'avais fait maintes fois. Elle tourne sur ses gonds et j'entre sans bruit. Tout le monde dormait. Je suis le mur à tâtons et j'arrive auprès du lit.

4 VIOLETTE : Que va-t-il dire, ô Déméter ? Je suis à l'agonie.

LYSIAS : Comme j'entends une double respiration, je crois d'abord que Lydie[1] est couchée avec elle mais je n'y suis point, Pythias. En tâtant, je sens un menton délicat et sans barbe, une tête rasée jusqu'à la peau et toute fragrante de parfum. À ce moment, si j'avais eu une épée, je n'aurais pas hésité, sache-le bien. Pourquoi, ris-tu, Pythias ? Est-ce que mon récit t'amuse ?

VIOLETTE : Voilà, Lysias, ce qui t'a mis de mauvaise humeur ? Eh bien ! C'est Pythias qui était couché avec moi.

1. Lydé.

PYTHIAS : Il ne fallait pas le lui dire, Violette.

VIOLETTE : Pourquoi ? C'était Pythias, mon bon ami. Je l'avais prié de venir dormir avec moi, toute chagrine de ne pas t'avoir.

5 LYSIAS : Est-ce Pythias qui a la tête rasée jusqu'à la peau ? Et c'est en six jours que lui est poussée une telle chevelure ?

VIOLETTE : Elle a été obligée, Lysias, de se faire raser à la suite d'une maladie parce que tous ses cheveux tombaient. Mais fais-lui voir, Pythias, fais lui voir, qu'on le décoise. Tiens, maître jaloux, voilà mon galant !

LYSIAS : Qui n'y eût été trompé, Violette ? Je suis amoureux et je l'avais touché de mes mains.

VIOLETTE : Te voilà convaincu. Veux-tu à présent que je te fasse enrager à mon tour comme tu l'as fait dans ta colère. J'aurais bien raison.

LYSIAS : Non, ma chère ! Buvons plutôt et Pythias avec nous. Je veux qu'elle assiste à notre réconciliation.

VIOLETTE : Elle restera. Ah ! que de mal tu m'as fait, Pythias ! Toi, le plus charmant de nos jeunes gens !

PYTHIAS : C'est vrai. Mais enfin, je vous ai racocquinés. Ainsi, Lysias, tu ne dois plus m'en vouloir. Seulement, plus un mot, je t'en prie, sur ma chevelure.

# XIII

## Cœur-de-Lion[1], Foie-Gras[2], Vocaline[3]

1 CŒUR-DE-LION : Conte-lui un peu, Foie-Gras, comment au combat contre les Galates je m'avançai hors du front des cavaliers, perché sur un blanc coursier et comment les Galates, peuple vaillant s'il en fut, ont été glacés d'épouvante à mon apparition au point que jamais personne n'osa se présenter devant moi. Alors, tenant ma lance en arrêt, je rapiérisai le chef des ennemis en même temps que son destrier. Je fondis en-

1. Léontikhos.

2. Chènidas (de *khèn*, « oie »). Dans la tradition aristophanesque, ou dans le *Miles gloriosus* de Plaute, le matamore est accompagné de son habituel faire-valoir, le parasite, gros mangeur, boulimique et flagorneur. La traduction fait donc image.

3. Hymnis (la cantatrice).

suite, le fer à la main, sur tous les récalcitrants. Il y en avait quelques-uns qui tenaient ferme après que j'eus violemment réduit en chair à pâté la phalange. Ceux-là s'étaient formés en bataillon quadriforme. Je les chargeais à grand ahan, l'épée nue. Le choc de mon cheval renversa sept de leurs capitaines. D'un coup de rapière, faisant fi de son casque, je pourfendis en deux tronçons la tête d'un colonel. À ton arrivée, Foie-Gras, les ennemis avaient pris la poudre d'escampette.

FOIE-GRAS : Et lorsqu'en Paphlagonie, Cœur-de-Lion, tu défis tout seul le Grand Shah[1], n'as-tu point fait montre de ton insigne vaillance ?

2 CŒUR-DE-LION : Tu as bien fait de me rappeler ce combat. Il n'est pas sans gloire. Ce Shah était gigantesque. Il passait en outre pour une fine lame et méprisait fort les Grecs. Il s'avançait seul, entre les deux armées, et défiait quiconque en une joute singulière. Personne ne bougeait : lochages, taxiarques, notre général en personne, tout le contraire d'un pleutre (il avait nom Aristolance[2] d'Étolie et possédait une technique éjaculatoire consommée). Pour moi, je commandais humblement mille soldats. Alors, n'écoutant que mon audace, je repoussai mes

1. Littéralement : « le Grand Satrape ».
2. Aristaikhmos (de *aristos*, « meilleur », et *aikhmè*, « lance »).

amis qui faisaient mine de me retenir et qui tremblaient pour moi. Ils détaillaient ce barbare avec ses armes toutes brillantes des feux de l'or, avec sa taille, son aigrette terrifique et sa lance dressée.

FOIE-GRAS : Je ne te cache pas que je tremblais aussi, Cœur-de-Lion. Tu sais quels efforts je fis pour t'arrêter. Je te suppliais de ne point t'exposer pour les autres, car je n'aurais pu vivre après ton trépas.

3 CŒUR-DE-LION : Je n'écoutai que mon audace. Je m'élançai sur le terrain dans une armure plus coruscante que celle du Paphlagonien. Une fumée d'or me ressortait par tous les pores. Nos soldats, de concert avec les barbares, firent retentir un cri. On m'avait reconnu à mon bouclier, à mon harnais et à mon cimier. Rappelle-moi un peu, Foie-Gras, à qui me comparait la badaudaille en cet état glorieux ?

FOIE-GRAS : À quel autre, par Zeus, si ce n'est à Achille, le fils de Thétis et de Pélée ? Ton casque t'allait à ravir ! Ta capeline de pourpre était fleurdelisée ! Ton écu rutilait !

CŒUR-DE-LION : Quand nous fûmes en présence, le barbare *in medias res* me fit une écorchure. La pointe de sa lance m'effleura la peau, un peu au-dessus du genou. Moi, d'un coup de sarisse, je perçai son bouclier de part en part et je le frappai lui-même en plein cœur. Puis, fondant sur lui, je le décapitai, je le dépouillai de ses armes et je revins au camp, portant au bout de ma sarisse sa tête sanguinolente qui dégouttait sur mes habits.

4 VOCALINE : Fi donc, Cœur-de-Lion ! Que tes récits sont affreux et dégoûtants ! On ne peut te contempler sans frémir, quand tu te fais gloire d'un pareil massacre. Boive et couche avec toi qui voudra, moi je pars.

CŒUR-DE-LION : Mais tu auras double salaire.

VOCALINE : Non ! Je ne pourrais dormir entre les bras d'un éventreur !

CŒUR-DE-LION : Ne crains rien, ma Vocaline, tout ceci s'est passé en Paphlagonie. Aujourd'hui, c'est la trêve[1].

VOCALINE : Non ! Tu es un homme abominable. Le sang dégouttait sur toi de la tête du barbare que tu portais au bout d'une pique. Et moi, je mignoterais, je câlinerais un pareil homme ? Non, de par les grâces, un monstre de cet acabit ne vaut pas mieux que le bourreau.

CŒUR-DE-LION : Si tu me voyais sous les armes, je suis sûre que tu m'aimerais.

VOCALINE : En t'écoutant, Cœur-de-Lion, le cœur me manque, je frissonne. Je crois voir devant moi les spectres des hommes que tu as mas-

1. Perrot d'Ablancourt traduit : « Si je suis un Mars à la guerre, je suis un Adonis en Amour. »

sacrés, et notamment celle de ce brave dont tu pourfendis en deux la tête. Que serait-ce, je te le demande, si j'avais réellement vu ce spectacle, et le sang, et les morts ? Il me semble que j'aurai trépassé, moi qui n'ai jamais vu tuer un poulet.

CŒUR-DE-LION : Que tu es faible et poltronne, Vocaline ! Je pensais que ce récit t'était supérieurement délectable.

VOCALINE : Amuse avec de pareilles histoires les Lemniennes ou les Danaïdes que tu pourras trouver. Moi je retourne auprès de ma mère attendre l'aurore. Suis-moi, Linule[1]. Bien le bonjour, monsieur le cohortocrate. Massacre qui tu veux !

5 CŒUR-DE-LION : Arrête, Vocaline, arrête. Quoi ? Elle est partie ?

FOIE-GRAS : Tu es un grand coupable, Cœur-de-Lion. Tu as effarouché cette fille encore toute mièvre, en faisant bouffer tes aigrettes et en contant mille extravagances. Je l'ai vue pâlir *in medias res* quand tu as parlé du capitaine. Puis elle a changé de couleur et s'est mise à trembler quand tu as raconté que tu pourfendais la tête de l'ennemi.

CŒUR-DE-LION : Je voulais avoir l'air plus aimable. Mais toi aussi tu fus l'artisan de ma disgrâce en me soufflant l'idée de la joute.

1. Grammis (de *grammè*, « ligne », « trait »).

FOIE-GRAS : Ne fallait-il pas t'aider à la mystifier en voyant le motif de ta fanfaronnade ? Mais tu as rendu la chose trop effrayante. Que tu aies coupé la tête du malheureux Paphlagonien, soit ! Mais à quoi bon la piquer comme lardon au bout de ta sarisse et te couvrir de son sang ?

CŒUR-DE-LION : Oui, c'est affreux, Foie-Gras, quoique le reste ne fût pas mal imaginé. Va et convaincs-la de coucher avec moi.

FOIE-GRAS : Je lui dirai donc que toutes ces histoires sont autant de mensonges pour paraître brave.

CŒUR-DE-LION : Quel déshonneur, Foie-Gras !

FOIE-GRAS : Elle ne voudra pas revenir autrement. Tu dois te résoudre à choisir. De deux choses l'une : ou tu fais détester ta bravoure factice ou tu couches avec Vocaline en lui avouant tes exagérations !

CŒUR-DE-LION : Tu me jettes dans de grandes extrémités. Au fond, je préfère Vocaline. Va donc, Foie-Gras, dis-lui bien que je suis un hâbleur, mais pas en tout !

XIV

# Chiche-Présent[1] et Myrtale

1 CHICHE-PRÉSENT : C'est maintenant que tu me chasses, Myrtale, maintenant que j'ai mangé tout mon bien avec toi, ô frivoleuse ! Quand je te couvrais de ces beaux présents, j'étais ton favori, ton époux, ton maître. J'étais ton Tout. Aujourd'hui que ma bourse est à sec et que tu t'es acoquinée avec un marchand bithynien, me voilà jeté à la rue. Et je reste à pleurer sur le seuil tandis qu'il est devenu ton compagnon de nuit : on l'admet dans ton antre, il vit et ribote jusqu'à l'aube. Et tu prétends être enceinte de ce postéromane[2] !

1. Dôriôn.
2. Postéromanie : goût invétéré pour l'accouplement suivi d'effet.

MYRTALE : Tout cela me suffoque, Chiche-Présent, surtout lorsque je t'entends dire que tu m'as fait de grands cadeaux et que c'est pour moi que tu es ruiné. Compte tout ce que tu m'as donné depuis que nous nous connaissons.

2 CHICHE-PRÉSENT : Eh bien, oui, Myrtale, comptons. Premièrement des escarpins de Sycione, deux drachmes. Mets deux drachmes.

MYRTALE : Il est vrai que tu as couché deux nuits.

CHICHE-PRÉSENT : À mon retour de Syrie, un vase d'albâtre rempli de parfums de Phénicie ! Deux drachmes encore, par Neptune !

MYRTALE : Et moi, ne t'ai-je pas donné, à ton départ, cette petite casaque qui te descend jusqu'aux cuisses (utile pour quand tu ramerais) et qu'a oubliée chez moi Chevillard[1] le timonier, un jour qu'il avait couché ici ?

CHICHE-PRÉSENT : Il me l'a reprise, ton Chevillard qui l'avait reconnue sur moi à Samos, et après une longue lutte, justes dieux ! Outre cela, je t'ai apporté des oignons de Cypre, cinq anchois et quatre perches, lorsque nous sommes revenus du Bosphore. Qu'y a-t-il en outre ? Ah ! Huit biscuits de mer dans leur corbillon, un cabas de figues de Carie et, dernièrement, des

1. Épiouros (*épiouron*, « petite cheville », ou *épiouros*, « garde »).

sandales dorées de Patare, vilaine ingrate. J'allais oublier un superbe fromage de Gythium[1].

MYRTALE : Tout cela, mon chiche ami, se monte à peu près à cinq drachmes.

3 CHICHE-PRÉSENT : Ah, Myrtale, c'était tout ce que pouvait t'apporter un homme à gage comme moi. Il n'y a pas longtemps que je suis mi-commandant de vaisseau[2] et tu me dédaignes. Mais tout récemment, à la fête des Amours, n'ai-je pas déposé à ton intention une drachme d'argent au pied d'Aphrodite ? J'ai, de plus, donné deux drachmes à ta mère pour qu'elle s'achète une chaussure. Et je glisse souvent dans la main de cette Lydé deux ou trois oboles. Le tout additionné fait la fortune des matelots.

MYRTALE : Des oignons et des anchois, Dorion ?

CHICHE-PRÉSENT : Certainement. Je ne pouvais te donner davantage. Je ne serais pas marin, si j'étais riche. Ma mère, je ne lui ai jamais apporté même une tête d'ail. Je voudrais bien connaître toutes les largesses de ton Bithynien.

MYRTALE : D'abord, la robe que voici. Il me l'a achetée avec ce gros collier.

4 CHICHE-PRÉSENT : Ce collier ? Mais tu le portais déjà avant.

1. Ville maritime de Laconie.
2. Littéralement : « Je commande le flanc droit du navire ».

MYRTALE : Celui que tu m'as vu était bien plus mince et n'avait pas d'émeraudes. Vois encore ce pendant d'oreilles et ce tapis. Dernièrement, c'étaient deux mines. Ajoute à cela notre loyer qu'il a payé de bonne grâce. Ce ne sont pas là souliers de Patare, fromage de Gythium et autre bagatelles.

CHICHE-PRÉSENT : Mais tu ne nous dis pas si ce bel amoureux avec qui tu couches est bien pourvu. Ce doit être quelque ultra-quinquagénaire à crâne pelé et à teint de langouste. As-tu vu son râtelier, ô Dioscures ? Quel gracieux personnage, surtout lorsqu'il chante et fait le beau ! Un âne jouant de la lyre, comme dit le proverbe. Jouis-en donc à ton gré, tu en es bien digne ! Puisse-t-il naître de vous deux un poupon qui ressemble à son père ! Moi, je trouverai sans peine quelque Dauphine[1], quelque Cymbeline de ma condition, notre voisine la flûtiste par exemple, ou toute autre enfin. Tout le monde ne peut donner des tapis, des colliers ou des présents de deux mines.

MYRTALE : Heureuse la belle qui t'aura pour amant, Chiche-Présent ! Tu lui apporteras des oignons de Cypre et de la cancoillotte quand tu reviendras de Gythium.

1. Delphis.

XV

# Coquillette[1] et Pucelotte[2]

1 COQUILLETTE : Qu'as-tu à pleurer, Pucelotte ? D'où viens-tu avec tes flûtes en morceaux ?

PUCELOTTE : Ce soldat, ce grand Étolien, l'amant de Rochette[3] m'a donné des soufflets parce qu'il m'a trouvée chez sa maîtresse où je jouais de la flûte, payée par Tout-Flamme[4], son rival. Il a brisé mes flûtes, renversé la table du souper et jeté les coupes à terre. Puis, saisissant ce rustre de Tout-Flamme par les cheveux, il l'a traîné hors de la salle. Là, ce soldat, je crois,

1. Cochlis (coquille de pourpre).
2. Parthénis (petite vierge).
3. Crocalè (le galet).
4. Gorgos (ardent).

qu'il se nomme La-Foudre[1], lui et un de ses acolytes, l'ont entouré et l'ont frappé si violemment que je me demande, Coquillette, s'il est mort ou vif. Le sang lui coulait du nez, il avait le visage tuméfié et tout meurtri.

2 COQUILLETTE : Cet homme était-il insensé, ou bien était-ce ivresse ou bacchanodélire ?

PUCELOTTE : C'était jalousie pure, Cochlis, et transport amoureux. Rochette, je crois, lui avait demandé deux talents s'il voulait vivre avec elle. La Foudre refusa. Alors Rochette lui claqua sans ménagement la porte au nez, elle reçut Tout-Flamme d'Œnée, un riche laboureur qui depuis longtemps lui faisait une cour pressante, but avec lui et m'envoya quérir pour jouer de la flûte. La partie allait bon train. Je jouais un air et notre rustique se levait pour danser aux applaudissements de sa maîtresse. La fête battait son plein lorsqu'on entendit soudain du bruit et des cris. On brisa la porte d'entrée et, au même moment, huit jeunes gaillards s'élancèrent. Le Mégarien allait avec eux. Ils culbutèrent tout. Tout-Flamme, comme je te l'ai dit, fut poussé, jeté à terre, foulé aux pieds. Rochette, je ne sais comment, s'était enfuie chez Thespias, sa voisine. Après m'avoir baillé un soufflet, La Foudre s'écria : « Va te faire voir chez les

1. Dinomaque (terrible combat).

Grecs ! » Du même coup, il me jeta au nez mes flûtes brisées. Sur quoi, je me sauvai pour raconter tout à mon maître. Cependant, notre rustique est allé en ville trouver quelques-uns de ses amis pour livrer le Mégarien aux magistrats.

3 COQUILLETTE : Voilà ce qu'on gagne à ces voluptés pioupiesques : des coups et des procès. D'ailleurs, ils se disent tous généraux ou capitaines, mais quand il faut payer : « Attendez les quartiers d'hiver, répondent-ils, je recevrai ma solde et je vous donnerai tout ce que vous voudrez ! » Foin de tous ces hâbleurs ! J'ai bien raison de n'en pas recevoir un seul. Que le sort m'envoie un pêcheur, un marin, un paysan de ma condition, qui galantise peu, mais sait mettre la main à la bourse ! Quant à ces porteurs d'aigrettes, à ces sempiternels fendeurs de naseaux, billevesées, Pucelotte !

# PSEUDO-LUCIEN

# LES AMOURS

*EROTES*

1 LYCINOS : Les plaisirs amoureux, mon cher Théomneste, voici la conversation dont tu as rempli depuis ce matin mes oreilles fatiguées d'affaires sérieuses et continuelles ; et j'avais vraiment soif d'un tel divertissement quand a coulé fort à propos la source gracieuse de tes discours. Notre esprit est trop faible pour soutenir une application sans relâche, les travaux opiniâtres exigent qu'on interrompe quelquefois les réflexions graves pour s'adonner aux plaisirs. Depuis l'aurore, le charme et la douceur convaincante de tes histoires un peu libertines m'ont tellement séduit que je m'imaginais presque être un autre Aristide[1], que ravissait outre mesure les fables milésiennes. Je suis seulement fâché, j'en jure par tes

1. Aristide vécut au I^er^ siècle avant J.-C. et fut l'auteur des *Milesiaca.* La tradition avait l'habitude de se référer à ces *fables milésiennes* pour désigner des récits immoraux et érotiques.

amours, aux traits desquels tu as offert une large cible, que tu en aies déjà achevé le récit. Je te conjure donc, au nom d'Aphrodite en personne, si ma demande ne te paraît pas excessive, et si tu as encore à me raconter quelques-unes de tes aventures avec un garçon ou même avec une femme, de les rappeler doucement à ta mémoire. D'ailleurs, nous célébrons aujourd'hui une fête solennelle : nous sacrifions à Héraclès. Tu n'ignores pas, je pense, combien ce dieu était ardent sur le chapitre de l'amour. Il me semble qu'il sera charmé de recevoir tes discours en guise de victimes.

**2** THÉOMNESTE : Tu aurais plus vite fait, mon Lycinos, de compter les vagues marines et les flocons de neige qui tombent du ciel que le nombre de mes amours[1]. Je crois, en vérité, que j'ai vidé tout leur carquois. Lorsqu'elles voudront voler vers quelqu'un d'autre, il se rira de leur main désarmée. En effet, depuis le jour où je suis sorti de l'enfance pour être rangé parmi les éphèbes, je m'illusionne en passant d'un désir à l'autre. Les amours se succèdent sans interruption et le premier n'a pas pris fin qu'il en naît un second : ce sont des têtes de Lerne plus entrelacées que celles de l'hydre, renaissante d'elle-

1. Cf. Anacréon. *Odes*, 32.

même, et contre lesquelles Iolaos n'est plus d'aucun secours[1]. Le feu ne saurait s'éteindre par le feu. Je ne sais quel taon volubile habite dans mes yeux, qui saisit toute espèce de beauté, incessamment et sans en être jamais rassasié. Et continuellement il me vient à la pensée que c'est un effet du courroux d'Aphrodite. Pourtant je ne suis pas une des Héliades, je n'ai pas commis le crime des Lemniennes[2] et je suis loin d'afficher la rusticité farouche[3] d'Hippolyte, pour avoir attisé l'implacable colère de la déesse.

3 LYCINOS : Cesse, Théomneste, cette dissimulation affectée et insupportable. Es-tu sincèrement fâché que le sort t'ait donné en partage un tel style de vie ? Et te semble-t-il plus rude de vivre dans la société de femmes charmantes et de jeunes garçons florissants de beauté ? Ah,

1. 3. Dans son combat contre l'Hydre de Lerne, Héraclès eut recours à des flèches enflammées. On dit aussi qu'il coupa ses nombreuses têtes avec une *harpé* (sorte de sabre recourbé). Il fut aidé dans cet exploit par son neveu Iolaos. Aide d'autant plus nécessaire que chaque tête tranchée repoussait. Pour mettre un terme à cette autogénération, Héraclès demanda à Iolaos de mettre le feu à la forêt voisine, et, à l'aide de brandons, il brûlait chaque fois la blessure, rendant ainsi les chairs incapables de renaître.

2. Comme le montre Apollodore (1, 9, 17), à Lemnos, les femmes avaient négligé le culte d'Aphrodite et encouru son châtiment : elles furent affligées d'une odeur si insupportable que leurs maris les négligèrent pour jouir des captives ramenées de leurs pillages.

3. Ou « le sauvage dédain ». Hippolyte, comme le montre Euripide dans la tragédie éponyme, trouva la mort parce qu'il méprisa Aphrodite.

sans doute, il faudra bientôt quelque sacrifice expiatoire pour te délivrer d'un mal si peu agréable ! Car c'est une affection dangereuse. Laisse donc là tout ce badinage et regarde-toi comme heureux de n'être pas condamné par la divinité à l'agriculture, ennemie de la propreté, à l'errance incessante du commerce, et à une vie de soldat, toujours en armes. Tu ne t'intéresses qu'aux exercices onctueux de la palestre, à la tunique élégante qui te descend somptueusement jusqu'aux pieds, et à l'entretien méticuleux d'une chevelure coiffée à la perfection. D'ailleurs le tourment même des désirs amoureux est pour toi plein de charme et une dent délicieuse, celle du plaisir, te fait sentir ses morsures. La conquête te conduit à l'espoir, et la victoire à la jouissance. Ainsi trouves-tu une volupté toujours égale dans le présent et dans l'avenir. Tout à l'heure, lorsque tu me dressais, dans une veine hésiodique, le catalogue exhaustif de tes amours[1], les traits joyeux de tes regards nageaient dans une humide mollesse, ta voix s'attendrissait, douce comme celle de la fille de Lycambe[2], et l'on voyait clairement à ton maintien, que le souvenir de tes amours ne t'était pas

1. Le *Catalogue des femmes* est une œuvre attribuée à Hésiode ; il nous en reste quelques fragments.
2. Néobule, qui fut aimée par le poète Archiloque.

moins cher que tes amours mêmes. Allons, s'il te reste encore quelque détail à conter de ton périple sur l'océan d'Aphrodite, ne me cache rien et offre un sacrifice accompli à Hercule.

4 THÉOMNESTE : Ce dieu, Lycinos, est un mangeur de bœufs et encore ne veut-il, comme on dit, que des victimes fumantes. Puisque nous honorons sa fête annuelle par des discours, je crains que mes récits, commencés depuis l'aurore, n'engendrent la satiété, s'ils sont prolongés davantage. À toi, s'il te plaît ; et que ta Muse, quittant ses occupations ordinaires, passe gaiement la journée en compagnie du dieu. Sois aujourd'hui mon arbitre impartial et, puisque je ne te vois aucun penchant pour l'une des deux passions, dis-moi lesquels tu estimes le plus : ceux qui aiment les garçons ou ceux qui trouvent délectable le commerce des femmes. Pour moi qui ressens l'une et l'autre flamme, je reste dans une parfaite équanimité, pareil à une balance dont les deux plateaux seraient en équilibre. Mais toi qui n'es pas en cause, tu choisiras le meilleur parti, guidé par le jugement intègre de ta raison. Ne fais point de façons, mon doux ami, et porte sans hésiter le suffrage que t'inspire le récit de mes amours.

5 LYCINOS : Crois-tu donc, Théomneste, que mes histoires soient affaire de badinage et de plaisanterie ? La question exige davantage d'application. Il est vrai que, sur un coup de tête, je me

suis mis à la tâche, la sachant tout à fait étrangère au badinage, surtout depuis que j'ai entendu naguère deux hommes, dans une dispute sur les deux amours, la traiter avec une chaleur dont le souvenir me hante encore. Leurs inclinations n'étaient pas moins différentes que leurs discours : ils n'avaient pas comme toi l'âme assez bien trempée pour pouvoir, à leur gré, invincibles au sommeil, recevoir un double salaire :

*L'un en paissant des bœufs, l'autre de blancs moutons*[1].

Au contraire, le premier de ces hommes mettait sa volupté suprême dans l'amour des garçons et regardait l'Aphrodite femelle comme un gouffre sans issue ; l'autre, chaste sur l'amour masculin, était passionné jusqu'à la fureur pour les femmes. Ils me prirent pour arbitre d'une joute qui mettait aux prises leurs inclinations rivales. Je ne saurais t'exprimer l'indescriptible joie que j'éprouvai. La trace de leurs paroles est fraîchement gravée dans mes oreilles et on dirait presque qu'elles viennent d'être prononcées. Aussi, laisserai-je de côté tout semblant d'échappatoire en te rapportant avec exactitude ce que j'ai entendu dire à l'un et à l'autre[2].

1. Homère, *Odyssée*, X, 85.
2. Selon Lycinos, Chariclès et Callicratidas tenaient de fort sérieux discours ; inutile de préciser que cette indication doit être prise au second degré. Sérieux à coup sûr, les deux adversaires le sont ; mais

THÉOMNESTE : Bon, permets que je change de place et m'asseye en face de toi,

*En attendant qu'Achille ait fini de chanter*[1].

Et toi, récite-nous sur un air mélodieux l'antique gloire de cette amoureuse dispute.

6 LYCINOS : J'avais formé le dessein de m'embarquer pour l'Italie et l'on m'avait préparé un de ces brigantins à deux rangées de rames dont se servent surtout les Liburniens, un peuple qui habite aux confins du Golfe Ionique. Après avoir adoré, comme je le devais, tous les dieux de la patrie et supplié Zeus Hospitalier de prêter une main propice à cette expédition en terre étrangère, je descendis de la ville à la mer avec un attelage de mules. Ensuite, je pris congé de ceux qui m'avaient fait escorte (m'accompagnait une troupe de pédagogues émérites avec laquelle j'avais lié société et qui me quitta à regret), j'embarquai et m'assis en poupe aux côtés du pilote. Bientôt, sous l'ahan[2] des rameurs, nous nous éloignâmes du bord et, après que de très favorables vents arrière nous eurent mis sous leur

---

le Pseudo-Lucien ironise en écrivant les démonstrations emphatiques qu'il leur prête. Ces morceaux de bravoure sentent naturellement le pastiche. Chacun d'eux constitue le discours attendu du partisan des femmes et de l'amateur de garçons.

1. Homère, *Iliade*, IX, 191.
2. Ou « le remous des rames », c'est selon.

houlette, nous guindâmes le mât retiré des cales et nous attachâmes l'antenne à la hune. Puis, nous déployâmes les voiles roulées confusément sur les cordages. La toile se gonfle peu à peu et, tandis qu'en un sifflement assourdissant nous volons, me semble-t-il, à la vitesse d'une flèche, tonne la vague que fend l'étrave.

7 Il est inutile d'allonger mon récit par le détail de tous les événements sérieux ou plaisants qui nous arrivèrent pendant la traversée. Mais, après que nous eûmes longé le littoral de la Cilicie et atteint le Golfe de Pamphylie, doublant non sans peine les îles des Hirondelles[1], ces limites fortunées de l'ancienne Grèce, nous visitâmes chacune des principales cités de Lycie, où nous prîmes plaisir aux légendes qui s'y racontaient, car on n'y voit plus aucun vestige de leur prospérité. Touchant finalement à Rhodes, l'île du Soleil, nous décidâmes de nous reposer un peu de notre voyage, qui jusque-là avait été sans escale.

8 Donc les rameurs tirèrent le navire sur la terre ferme et dressèrent leurs tentes tout près. Pour ma part, je m'étais fait préparer une chambre d'hôte en face du temple de Dionysios et, tout en musardant à loisir jusqu'en ce lieu,

1. Selon Strabon, elles étaient situées sur la côte de la Lycie, à soixante kilomètres environ à l'est de l'île de Rhodes.

je me sentais envahi par une merveilleuse volupté. Rhodes est en effet la ville du Soleil et sa beauté est digne de son dieu tutélaire. Je faisais le tour des portiques consacrés à Dionysios et j'admirais en détail chaque peinture dont la vue me charmait et me remettait en mémoire les fables héroïques. Deux ou trois habitants accoururent vers moi et m'en expliquèrent le sens en échange d'un léger salaire. Néanmoins, j'avais presque tout compris par intuition.

9 Lorsque j'eus satisfait ma curiosité, et alors que je songeais désormais à regagner mon logis, le plaisir le plus flatteur qu'on pût goûter à l'étranger vint s'offrir à moi. Il s'agissait de vieilles relations amicales, qui ne te sont pas tout à fait inconnues, je crois, et que tu as souvent rencontrées ici au cours de leurs visites : Chariclès, un jeune homme de Corinthe qui n'est pas sans beauté, quoiqu'il use de cosmétiques à dessein, j'imagine, pour faire le galant auprès des dames ; il était accompagné de Callicratidas l'Athénien, un homme simple d'apparence, qui s'est mis à la tête des orateurs politiques et s'est fait un nom dans l'éloquence populaire. Par ailleurs habile dévot des gymnases et de l'exercice physique, il l'était moins à mon sens par goût de la palestre que par amour des jeunes garçons. En effet, il était tout feu sur cette question et sa haine du sexe féminin s'emportait jusqu'à lui faire mau-

dire Prométhée[1]. Du plus loin qu'ils me virent, l'un et l'autre accoururent à ma rencontre d'un air allègre et enjoué. Puis, suivant l'usage, chacun d'eux me pressa la main et m'invita à venir chez lui. Mais moi, les voyant se disputer assez vivement à qui m'emmènerait : « Aujourd'hui, dis-je, Callicratidas et Chariclès, il vaut mieux que vous veniez chez moi tous les deux afin de ne pas envenimer votre querelle. Les jours suivants, car j'ai résolu d'en passer ici trois ou quatre, vous me traiterez chacun à votre tour et le sort nommera qui doit commencer. »

10 Ce fut chose convenue. D'abord, c'est moi qui les régalai le jour même, puis, le lendemain, ce fut Callicratidas, et à son tour Chariclès. Durant le festin, je remarquai chez chacun de mes hôtes les marques probantes de leurs inclinations respectives. En effet, l'Athénien était servi par de jolis garçons, et pratiquement tous ses esclaves étaient imberbes ; aussi ne restaient-ils chez lui que jusqu'au moment où leur menton commençait à s'ombrager. Dès que leurs joues se garnissaient d'un léger duvet, ils étaient envoyés dans ses domaines attiques en qualité d'intendants ou de contremaîtres. Chariclès au contraire avait à ses ordres un large chœur de danseuses et de musiciennes, et toute sa maison

1. Créateur des femmes.

était remplie de femmes, comme dans les *Thesmophories*[1]. On n'y voyait pas l'ombre d'un homme, si ce n'est peut-être, ici ou là, un nourrisson ou un vieux cuisinier dont l'âge avancé excluait tout soupçon de jalousie. C'était donc, comme je l'ai dit, des indices suffisants de leurs inclinations respectives. Toutefois, de légères querelles s'élevaient entre eux à ce sujet, sans qu'on en vînt à clore le débat. Lorsqu'il fut temps pour moi de reprendre la mer, ils désirèrent partager mon périple maritime et je les emmenai avec moi. Il faut dire qu'eux aussi avaient formé le dessein de partir pour l'Italie.

11 Comme nous résolûmes de faire escale à Cnide, pour y voir notamment le temple d'Aphrodite, vanté à cause de l'ouvrage vraiment le plus *aphrodisiaque* que l'on doive au ciselage habile de Praxitèle, nous fûmes doucement poussés vers la terre par un calme délicieux que fit naître, je crois, la déesse qui escortait notre navire[2]. Je laissai à mes autres compagnons le soin des préparatifs ordinaires et, prenant de chaque main notre couple amoureux, je fis le tour de Cnide, en riant de tout mon cœur

1. Cette célébration de Déméter était exclusivement réservée aux femmes.

2. Aphrodite était *euploia*, c'est-à-dire protectrice de la navigation, surtout dans les parages de Cnide, où trois temples lui étaient consacrés.

des figures lascives de terre cuite qu'on y rencontre[1], ce qui n'est pas étonnant dans une ville consacrée à Aphrodite. D'abord, nous visitâmes le portique de Sostrate[2] et tous les endroits qui pouvaient nous procurer quelque agrément ; nous marchâmes ensuite jusqu'au temple d'Aphrodite, Chariclès et moi, avec la satisfaction la plus marquée tandis que Callicratidas répugnait à la pensée que le spectacle sentirait la femme ! Il aurait, je crois, échangé très volontiers l'Aphrodite de Cnide contre l'Éros de Thespies[3] !

12 À peine étions-nous dans la première enceinte, que nous sentîmes la douce haleine des zéphyrs amoureux. En effet la cour était loin d'être revêtue de dalles en pierres polies, ce qui

1. Ces sortes de figures sont célèbres dans l'histoire des monuments antiques. Suétone parle de celles que possédait Tibère, et dont l'obscénité surpassait tout ce qu'on peut imaginer dans le genre (cf. *Tibère*, 43).

2. Ce portique, décrit par Pline dans son *Histoire naturelle* (XXXVI, 12,18), comprenait une terrasse qui faisait office de promenade. Il était considéré par les anciens comme l'œuvre majeure de Sostrate de Cnide (Voir *Comment il faut écrire l'Histoire*, 62, et *Hippias*, 2).

3. Une autre célèbre statue de Praxitèle, dont l'original prit feu à Rome ; une copie demeura à Thespies, ville de Béotie située à l'ouest de Thèbes, au pied de l'Hélicon (Voir Pausanias, IX, 27, 3). Les anciens aimaient à comparer les deux marbres qui attiraient l'un et l'autre de nombreux visiteurs. Antipater de Sidon les associait dans une épigramme célèbre : si le fils, dit-il en substance, fut placé en Europe et la mère en Asie, c'est que, l'un près de l'autre, ils eussent tout embrasé (*Anthologie de Planude*, 167).

l'eût vouée à l'infécondité, mais comme il est naturel dans un temple d'Aphrodite, tout n'était que riches cultures fruitières. Les arbres au dense feuillage s'élevaient déjà fort haut et enfermaient sous un berceau de verdure l'espace alentour. Surpassant les autres essences, dans une débauche de baies, croissait, près de sa reine, le myrte[1] luxuriant, et avec lui chaque espèce d'arbres qui avait reçu le don de la beauté. En dépit de leur âge avancé, ces derniers n'étaient pas flétris ou desséchés, mais toujours dans la fleur de la jeunesse, ils arboraient des rameaux encore verts et tout gonflés de sève. Quelques arbres qui ne portaient que leur beauté en guise de fruit se mêlaient à cet ensemble : cyprès et platanes se dressaient au plus haut des airs et, parmi eux, Daphné[2], la fugitive contemptrice d'Aphrodite, qui échappa jadis à la déesse. Autour de chaque tronc qu'il tenait enlacé serpentait le lierre, cet ami de l'amour. Des vignes pleines d'entrelacs étaient chargées de lourdes grappes. Aphrodite, en effet, a plus de volupté lorsque Dionysios l'accompagne[3], et nous devons conjuguer les plaisirs que l'un et l'autre nous procurent : sé-

1. Plante consacrée à Aphrodite.

2. Daphné poursuivie par Apollon fut changée en laurier (Cf. Ovide, *Métamorphoses*, I, 452-567).

3. *Sine Cerere et Libero friget Venus* (« Sans Cérès et Bacchus, Vénus se refroidit ») (Térence, *Eunuque*, 732).

parés, ils flattent moins nos sens. Dans les endroits où l'ombre était plus épaisse, des couches plaisantes s'offraient à ceux qui désiraient y festoyer. Les honnêtes gens de la cité venaient rarement ici, tandis que le peuple de la ville s'y portait en foule les jours de fête, sans doute pour y rendre d'intimes hommages à Aphrodite !

13 Lorsque nous eûmes suffisamment goûté la douceur de cet ombrage, nous entrâmes dans le temple. La déesse en occupe le milieu ; c'est une statue en marbre de Paros, de la plus parfaite beauté. Elle sourit doucement, un peu aguicheuse, et ses lèvres s'entrouvrent avec grâce. Toute sa beauté, qu'aucun voile ne dérobe, est nue et offerte, sauf que l'une de ses mains cache furtivement sa pudeur. Si absolu était le talent de l'artiste que le marbre naturellement dur et roide rendait justice à chaque partie de son corps. À cette vue, Chariclès, transporté d'une espèce de délire, ne put s'empêcher de s'écrier : « À coup sûr, le plus heureux des dieux, c'est Arès, qui fut enchaîné à cause d'elle ! » Disant cela, il courut jusqu'à elle, puis serrant les lèvres et allongeant le cou du mieux qu'il pouvait, il la baisa tendrement. Callicratès gardait le silence et concentrait son admiration. Le temple possède une porte de chaque côté pour ceux qui veulent voir attentivement la déesse de dos, à dessein de ne passer sur aucun de ses charmes sans l'admirer. On peut

donc aisément contempler sa beauté postérieure, en entrant par cette autre porte.

14 De fait, comme nous avions décidé de voir la déesse en son entier, nous fîmes le tour de l'enceinte. Une femme à qui la garde des clés est dévolue, nous eut à peine ouvert la porte, qu'un étonnement subit s'empara de nous à la vue de tant de beauté. L'Athénien, qui jusque-là avait regardé avec indifférence, considérant ces parties de la déesse, qui lui rappelaient les garçons, s'écria avec un enthousiasme encore plus véhément que celui de Chariclès :

« Héraclès ! Que ce dos est bien proportionné ! Comme ces hanches sont charnues, et quelle prise douillette elles offrent ! Et comme les chairs de ces fesses sont joliment arrondies ! Elles ne sont ni trop maigres ni sèchement étendues sur les os, elles ne se répandent pas non plus en un excès d'embonpoint. Et ces deux petits plis creusés sur chacun des reins, qui pourrait en dire la suavité ? Quelle pureté de ligne dans cette cuisse et dans cette jambe qui s'effile jusqu'au talon ! Tel est Ganymède dans les cieux lorsqu'il verse à Zeus un nectar qui n'en est que plus doux ; et quant à moi, Hébé dût-elle me servir, je n'accepterais pas ce breuvage de sa main. »

À cette exclamation délirante de Callicratidas, peu s'en fallut que Chariclès, en proie à une admiration quasi excessive, ne demeurât pétrifié.

Ses yeux, flottant dans une langueur humide, laissaient échapper quelques larmes.

15 Quand notre admiration satisfaite se fut un peu refroidie, nous aperçûmes sur l'une des cuisses de la statue une petit tache qui paraissait comme une souillure au milieu d'un vêtement. La blancheur éclatante du marbre accusait encore plus ce défaut ; hasardant d'abord une conjecture plausible sur la vérité de ce détail, j'imaginai que ce que nous voyions était naturel à la pierre. En effet, certaines pierres ne sont pas absolument exemptes de défauts et souvent un tel accident vient nuire à la beauté d'ouvrages qui sans cela seraient incomparables. Croyant donc que cette tache noire était une imperfection naturelle, j'admirais en cela même l'art de Praxitèle, qui avait su masquer cette difformité du marbre à l'endroit où l'on pouvait le moins l'apercevoir. Mais la sacristine[1] qui nous accompagnait raconta à ce sujet une histoire à peine croyable. Un jeune homme d'une famille distinguée (mais dont l'acte a fait taire le nom) venait fréquemment dans ce temple ; possédé par un

1. Expression de Perrot d'Ablancourt. Il s'agit d'une prêtresse subalterne, la *zacore*, dont le rang était moins élevé que celui de la *néocore*. Toutes les deux avaient pour fonction de veiller à la propreté du temple, à ses ornements, à ses statues. Le grade de *néocore* était fort envié ; certaines villes ou certains peuples se l'attribuaient, comme en témoigne la numismatique.

mauvais génie, il devint éperdument amoureux de la déesse et, comme il passait là des journées entières, on attribua d'abord sa conduite à une vénération superstitieuse. En effet, au matin, il quittait son lit bien avant l'apparition de l'aurore et accourait en ce lieu, ne rentrant chez lui qu'à regret après le coucher du soleil. Durant tout le jour, il se tenait devant la déesse, ses regards étaient continuellement fixés sur elle ; ce n'était que murmures indistincts et plaintes amoureuses formant un monologue secret.

16 Mais, quand il voulait donner le change à sa passion, il faisait une invocation puis il comptait un par un quatre osselets de gazelle libyenne et jouait aux dés ses espérances. S'il réalisait un heureux coup et notamment s'il amenait le *coup de la déesse* (aucun dé ne tombant du même côté), alors il se prosternait devant elle et se flattait de jouir incessamment de l'objet de sa passion. Si au contraire, ce qui n'arrivait que trop souvent, sa planchette était le théâtre d'un coup malchanceux et si par conséquent les osselets trahissaient une position défavorable[1], il s'emportait en imprécations contre Cnide toute entière et faisait montre d'un dé-

1. Le coup d'Aphrodite permettait à son bénéficiaire de gagner tous les enjeux. Le coup le moins heureux, quand les osselets tombaient tous sur le côté, ne comptait qu'un : on l'appelait *coup du chien.*

couragement catégorique, s'imaginant avoir essuyé un irréparable désastre. Mais bientôt il reprenait les dés et cherchait par un nouveau coup à corriger sa dernière infortune. Comme le feu de son amour était sans cesse attisé avec plus de violence, notre homme en avait gravé des témoignages sur tous les murs. L'écorce délicate de chaque arbre était ainsi devenue comme un héraut proclamant la beauté d'Aphrodite. D'ailleurs, il honorait Praxitèle à l'égal de Zeus et tout ce que sa demeure renfermait de précieux, il le donnait en offrande à la déesse. Enfin, l'ardente exacerbation de ses désirs dégénéra en frénésie et son audace lui procura le moyen de satisfaire sa concupiscence. Un jour en effet, alors qu'à son coucher le soleil déclinait, à pas de loup et à l'insu des assistants, il se glissa derrière la porte et, se dissimulant dans l'endroit le plus enfoncé, il y resta sans faire le moindre bruit, en retenant son souffle. Les sacristines, suivant l'usage, tirèrent du dehors la porte sur elles et voilà notre nouvel Anchise enfermé dans le temple ! Mais est-il besoin de caqueter et de vous conter par le menu l'audacieux attentat de cette nuit scélérate ? On découvrit au jour les traces de ses embrassements amoureux et la déesse portait cette tache en témoignage de l'outrage qu'elle avait subi. Quant au jeune homme, comme le rapporte la rumeur publique, il se précipita, dit-on, soit sur des rochers, soit dans les vagues de la mer : le fait est qu'il disparut à jamais.

17 La sacristine parlait encore lorsque Chariclès l'interrompit en s'écriant :

« Ainsi, une femme se fait aimer même lorsqu'elle est de pierre ! Que serait-ce si l'on contemplait vivante une beauté si accomplie ? Une seule de ses nuits ne vaudrait-elle pas le sceptre de Zeus ? »

Mais Callicratidas lui répondit en souriant :

« Nous ne savons pas encore, Chariclès, si, en arrivant à Thespies, nous n'apprendrons pas une foule d'histoires semblables. En attendant, celle-ci comporte un témoignage irrécusable de cette Aphrodite qui t'est si chère.

– Comment donc ? », repartit Chariclès.

Alors Callicratidas lui répondit, à mon avis, avec beaucoup de pertinence :

« Bien que ce jeune épris eût le loisir de passer une nuit entière et en complète liberté pour satisfaire sa passion, il fit l'amour à la statue comme à un garçon, parce qu'il eût désiré obscurément, selon moi, que même chez la femme, le sexe ne fût point par-devant[1] ! »

1. On relève dans Athénée deux anecdotes analogues, situées l'une à Samos, l'autre à Delphes (605 F et 606 B). Le récit de cette histoire suscite une interrogation : l'impiété du jeune homme est-elle, puisqu'elle s'adresse à Aphrodite, un hommage à la puissance tutélaire

De nombreux propos jetés au hasard et sans ordre soulevèrent entre eux une dispute assez confuse que j'apaisai en leur disant :

« Mes amis, traitez donc cette question dans les formes, comme c'est l'usage chez les gens instruits. Cessez une discussion qui, n'étant point réglée, ne finira jamais. Il vaut mieux que chacun d'entre vous, à tour de rôle, soutienne sa propre opinion. Il n'est pas encore temps de retourner au vaisseau ; mettons ce loisir au service de la gaieté et d'une recherche qui peut nous faire joindre l'utile à l'agréable. Sortons donc de ce temple et allons nous asseoir dans l'une de ces salles de festins. Là, nous pourrons à notre aise écouter et dire tout ce qu'il nous plaira. Souvenez-vous seulement que celui qui sera vaincu en ce jour ne devra plus par la suite revenir à la charge sur de pareils sujets. »

18 Il apparut que je n'avais pas mal parlé. Après que ma suggestion fut approuvée, nous quittâmes le temple, moi fort gaiement et sans arrière-pensée, eux avec un air préoccupé et roulant dans leur esprit mille réflexions profondes, comme s'il se fût agi de disputer à qui conduirait

des amours hétérosexuelles ? Mais, accomplie dans une telle posture, n'est-elle pas un témoignage contre cette Aphrodite-là ? La réponse est ambiguë. Doit-on mettre cet hommage profanatoire, cette révérence sacrilège, au compte de l'amour des femmes ou de celui des garçons ?

la pompe de Platée[1]. Quand nous fûmes arrivés dans un endroit couvert où régnait un épais ombrage, asile idéal contre la chaleur de l'été, je leur dis :

« Voici un lieu fort charmant ; les cigales entonnent leur chant mélodieux au-dessus de nos têtes. »

Alors, je m'assis entre eux avec le front sévère d'un juge, portant sur mes sourcils toute la gravité de l'Héliée elle-même. Après leur avoir suggéré de tirer au sort pour savoir lequel parlerait le premier, ce fut Chariclès qui obtint par hasard ce privilège. Je lui ordonnai de commencer son discours sur le champ.

19 Alors, passant la main sur son visage, après un instant de silence, il débuta à peu près en ces termes :

« Ô toi ma reine, ô toi Aphrodite, mes prières invoquent ton appui pour la défense de ta propre cause. Tout atteint une perfection suprême, pour peu que tu y répandes la moindre goutte de cette douceur persuasive qui t'est particulière. Mais ce sont surtout les propos d'amour qui te réclament ; car tu en es la mère

1. Chaque année, le seizième mois *maimactérion*, qui correspond au début du mois d'août, les habitants de Platée célébraient une pompe funèbre en l'honneur de ceux qui avaient perdu la vie au cours de cette fameuse bataille, qui se solda, en 479 av. J.-C., par la défaite des Perses. On lira à ce sujet Pausanias, IX, 2, 5.

légitime. Viens plaider le droit des femmes, toi qui es l'emblème du féminin, et accorde aux hommes de rester des mâles, comme ils sont nés dès l'origine. »

À l'orée de mon discours, je prends à témoin de la vérité de mes paroles la mère primordiale, la racine primitive de toute génération, je veux dire la sainte nature de l'univers qui, consolidant les principes élémentaires du monde, la terre, l'air, le feu et l'eau, a, par leur mélange, donné la vie à tout ce qui respire. Elle savait que nous sommes un composé de matière périssable, que brève est la durée accordée à chacun par le destin pour mener sa vie : en conséquence, elle a fait en sorte que la destruction de l'un correspondît à la naissance de l'autre et que la reproduction compensât la mortalité, afin que nous vécussions dans un cycle continuel. Mais comme il était impossible que d'un seul être naquît quelque chose, elle a aménagé le partage des sexes. Elle accorda aux mâles la faculté particulière de répandre la semence et fit de la femelle le réceptacle de la génération. D'autre part, déversant dans chacun d'eux un mutuel appétit, elle les unit sous le joug sacré de la nécessité et prescrivit à chacun de rester fidèle à sa propre nature, au féminin de ne pas se viriliser de façon antinaturelle et au masculin de ne pas se féminiser avec indécence. C'est ainsi que l'union des hommes avec les femmes a conservé jusqu'à ce jour la race humaine par d'immortelles successions. Aucun homme ne peut se glorifier d'être né d'un homme seul, mais deux noms respectables obtiennent également tous nos hommages, et nous révérons une mère aussi bien qu'un père[1].

20 Dans les premiers temps donc, à l'époque où l'humanité vivait en conformité avec des principes héroïques et respectait la vertu qui nous rapproche des dieux, les hommes obéissaient aux lois fixées par la nature, s'unissaient à des femmes d'un âge convenable et devenaient les pères d'une noble progéniture. Mais peu à peu la société tomba de cette hauteur dans les abîmes de la volupté et se mit à tracer les chemins nouveaux et déviants qui mènent à la jouissance. Bientôt la luxure osa tout et transgressa les lois intrinsèques de la nature. Et encore, le premier mâle qui jeta les yeux sur son semblable, comme sur une femme, put-il faire autrement que de recourir à la violence tyrannique ou à la fallacieuse persuasion ? Un sexe identique entra dans un seul lit ; et lorsqu'ils se regardèrent l'un

1. Chariclès s'appuie sur une conception stoïcienne et néo-pythagoricienne. La nature, cette puissance qui a donné vie et âme au grand tout, est l'ordonnatrice des générations ; elle a défini le partage des sexes et, de ce fait, toute relation homosexuelle est impossible puisque nullement ancrée dans les étapes qui gouvernent l'ordre général du monde : la mort, la génération, l'éternité, la nature des sexes, et le plaisir qui leur est inhérent.

dans l'autre, ils n'eurent pas à rougir d'être actifs ou passifs, et, jetant comme on dit la semence sur des pierres stériles, ils échangèrent une mince volupté contre une lourde infamie !

21 L'audace d'une poignée d'hommes en vint à ce paroxysme de violence tyrannique qu'ils mutilèrent la nature avec un fer sacrilège. Et, privant des mâles virils de leur virilité, ils trouvèrent là le moyen d'en jouir plus longtemps. Mais ces malheureux, que dis-je, ces infortunés, pour prolonger leur enfance, cessent de rester des hommes et ne sont plus qu'une énigme ambiguë dotée d'un double sexe, n'ayant pas gardé celui dans lequel ils sont nés et n'ayant pas acquis celui dans lequel ils sont passés : cette fleur même de leur enfance, après avoir duré un peu au temps de leur jeunesse, se flétrit en leur vieillesse prématurée. Au moment où on les compte encore parmi les jeunes garçons, ce sont déjà des vieillards qui n'ont pas connu l'intermittence de l'âge viril. C'est ainsi que l'abominable luxure, maîtresse de tous les maux, a imaginé une suite de voluptés infâmes, et, pour n'ignorer aucune espèce de turpitude, s'est vautrée dans cette tare que la pudeur nous défend de nommer.

22 Si chacun restait fidèle aux lois que la Providence nous a prescrites, nous nous contenterions du commerce des femmes et notre vie serait purifiée de toute infamie. Voyez les bêtes :

elles ne peuvent rien corrompre par une disposition vicieuse et la législation de la nature demeure pure. Les lions ne brûlent point pour des lions, mais Aphrodite, la saison venue, réveille en eux le désir de s'accoupler à leur femelle. Le taureau, chef du troupeau, saillit les vaches ; le bélier remplit toutes les brebis de semence fécondante. Quoi encore ? Les sangliers ne relancent-ils pas leurs femelles dans leur bauge ? Les loups ne s'unissent-ils pas aux louves ? Et, pour parler en des termes généraux, ni les oiseaux qui sillonnent les airs, ni les êtres voués par le sort à un humide séjour dans l'eau, ni les animaux qui vivent sur terre ne recherchent la société du mâle. Pour eux, les décrets de la Providence demeurent immuables. Mais vous, dont on a tort de vanter la sagesse, vous hommes, animaux vraiment pervers, par quelle étrange maladie vous élevez-vous contre les lois pour accomplir un mutuel outrage ? Quelle aveugle insensibilité répandez-vous sur votre âme pour manquer ainsi doublement votre but, en fuyant ce qu'il faudrait poursuivre et en poursuivant ce qu'il faudrait fuir ? Si tous les hommes prenaient le parti de vous imiter, bientôt il n'en resterait pas un seul sur la terre[1].

1. *Les Lois* de Platon (840, B-E) sont plus que jamais la référence lointaine. Chez Platon, pour proscrire les relations homosexuelles,

23 D'ailleurs à cet égard les disciples de Socrate ressuscitent une admirable théorie qui dupe les oreilles des jeunes gens encore dépourvus de la pleine faculté de raisonner, mais quiconque est parvenu à une certaine maturité d'esprit ne pourrait en être abusé. Ils feignent, en effet, d'être épris de l'âme et, comme ils rougissent d'aimer la beauté du corps, ils s'appellent eux-mêmes *amants de la vertu.* Il me prend souvent envie de rire quand j'y pense. D'où vient, ô sacro-saints philosophes, que vous laissiez de côté cet âge où l'on a donné depuis longtemps des preuves certaines de son mérite, où une tête chenue est tout à fait seyante et où l'ancienneté rend témoignage de sa vertu ? D'où vient que votre amour plein de sagesse convole vers une jeunesse dont la raison, à peine éclose, ne peut distinguer le parti qu'il faut prendre ? Est-ce donc une loi que toute difformité soit vouée à la perversion et que la beauté soit, sans examen préalable, exaltée à l'instar du bien ? Pourtant, selon Homère, ce grand oracle du vrai,

---

l'Athénien invoque l'exemple des bêtes, la fidélité naturelle de leur couple. Par opposition aux tenants de cette animalité raisonnable, les hommes qui recherchent leurs semblables donnent, selon Chariclès, tous les signes que l'on attribue d'ordinaire aux effets de la passion : violence incontrôlée, état maladif, aveuglement sur la réalité des choses, insensibilité (*anaisthésia*), bestialité perverse, inaptitude à atteindre les objectifs fixés par la nature.

*Un homme se trouve être d'un médiocre visage,*
*Mais un dieu orne ses paroles de beauté ; chacun*
*Le regarde avec joie, il discourt avec assurance*
*Et, douce modestie, il brille dans la foule*
*Et, s'il va par la ville, il est admiré comme un dieu*[1].

Et quelque part ailleurs, il a dit encore :

*Sous ton beau corps hélas, il n'y avait point d'âme*[2] *!*

24 Certes, l'accort Ulysse est plus louable que le séduisant Nirée. Comment donc se fait-il que la prudence, la justice et les autres vertus qui se trouvent être l'apanage ordinaire des hommes accomplis ne soient pas l'objet de vos poursuites amoureuses et que la beauté des garçons excite en vous les passions les plus aiguës et les plus impétueuses ? Sans doute, ô Platon, fallait-il chérir Phèdre pour avoir trahi Lysias ! Convenait-il d'aimer la vertu d'Alcibiade parce qu'il avait mutilé les statues des dieux et que ses cris d'ivresse parodièrent les rites initiatiques d'Éleusis ? Qui s'avouera être son amant lorsqu'il trahit Athènes, fortifie Décélie contre elle et aspire par sa conduite à la tyrannie[3] ? Mais, comme dit le divin Platon, aussi longtemps qu'il fut imberbe, il fut aimé de tous[4] ; mais, quand il fut passé de la puberté à l'âge viril,

1. Homère, *Odyssée*, VIII, 169-173.
2. *Ibid.*, XVII, 454.
3. Voir Thucydide, VI, 27-29, 53, 61, 91.
4. Voir Platon, *Protagoras*, 309a.

période au cours de laquelle sa pensée jusque-là immature acquit son plein développement, il devint l'objet de la haine générale. Pourquoi cela ? C'est que ces hommes, qui mettent, en exergue de passions ignominieuses, des noms pleins de pudeur et qui appellent vertu de l'âme la beauté du corps, ces hommes dis-je sont plutôt des philopèdes que des philosophes ! Mais pour ne pas avoir l'air de nous rappeler ces illustres personnages dans l'intention de les rendre odieux, je n'en dirai pas davantage sur leur compte.

25 De ces considérations élevées je descendrai à l'examen de cette volupté qui vous est propre, Callicratidas, et je prouverai que l'usage des femmes est en cela bien préférable à celui des jeunes garçons. D'abord, je pense que plus notre jouissance est longue, plus elle est délectable. Une volupté trop prompte à s'envoler cesse avant même qu'on ait pu la connaître : ce qui cause un vrai plaisir, c'est ce qui dure. Aussi, plût aux dieux que le Destin chicanier nous eût tissé une vie aux lisières généreuses et qu'une santé inaltérable en eût rempli tout l'intervalle, sans que jamais aucun chagrin n'eût miné nos sentiments. Toute notre existence n'eût alors été que vacances et fêtes. Mais depuis que l'envieuse Fortune nous a refusé ces biens trop grands, parmi les plaisirs présents, les plus doux sont ceux qui se prolongent. Or, la femme, depuis l'époque du

pucelage jusqu'à la moitié de sa vie, avant que les dernières rides de la vieillesse n'aient raviné ses charmes, est un objet digne des embrassements et de la tendresse des hommes ; et même lorsque l'âge de la beauté s'en est allé,

*Son expérience*
*Parle plus éloquemment que les jeunes garçons*[1].

26 Mais celui qui ferait des avances à un jeune homme de vingt ans me semble être un coureur de jouissances passives, sectateur d'une Aphrodite interlope. Car les corps de ceux qui sont devenus des hommes sont durs et massifs, leurs mentons naguère si doux sont devenus rudes et couverts de duvet et leurs cuisses harmonieuses sont hérissées d'une soie piquante, comme de quelque ordure. Quant aux parties plus intimes, je laisse le soin de les connaître à vous autres, Messieurs, qui en avez goûté ! Chez toute femme, au contraire, brille sans cesse la grâce du teint ; les volutes luxuriantes des bouclettes qui s'épanouissent sur son chef[2] fleurissent en une pourpre beauté, rivales des

1. Euripide, *Phéniciennes*, 529-530.

2. Ou « qui retombent de sa tête ». Cette supériorité de l'amour des femmes sur celui des jeunes garçons est célébrée dans l'*Anthologie Palatine* (voir V, 113). Paul le Silentiaire (258) préfère à la jeunesse florissante des mâles les rides de Philinna : « Ton arrière-saison vaut mieux que leur printemps. » Mais, souvent aussi, les poètes attaquent sans pitié les vieilles barques qui prétendent encore servir quand elles font eau de partout (Méléagre, 204).

fleurs d'hyacinthe[1]. Les unes flottent sur son dos pour embellir ses épaules, les autres sur ses oreilles et ses tempes, plus frisées que le persil dans la prairie. Tout le reste de son corps, qui ne porte pas le moindre poil, est, comme dit le proverbe, plus diaphane que l'ambre ou le cristal de Sidon.

27 Parmi les plaisirs, pourquoi ne pas rechercher ceux qui sont réciproques, qui réjouissent également les partenaires, l'actif comme le passif ? Nous n'aimons pas, en effet, passer notre temps dans la solitude, comme les animaux privés de raison. Liés par une communauté d'affection, nous trouvons notre bonheur plus doux si nous ne sommes pas seuls à en jouir, et nos peines plus légères lorsque d'autres les partagent avec nous. C'est de là qu'une table commune a été inventée. Et après avoir mis sur pieds ce centre des réunions amies[2], nous accordons à notre estomac la mesure des jouissances qui lui sont dues, non pas en buvant seuls du vin de Thase, par exemple, ou en nous gorgeant égoïstement de mets somptueux, mais dans la pensée que chacun trouve agréable ce dont il fait profiter autrui et que notre joie est plus intense lorsque nous partageons nos plaisirs. Or l'union physique avec une femme procure une

1. Cf. Homère, *Odyssée*, VI, 231, et Clément d'Alexandrie, *Le Pédagogue*, IV, 18-19.
2. Littéralement : « ce foyer médiateur de l'amitié ».

jouissance réciproque et de même nature. Les partenaires se retirent également satisfaits, après s'être comblés l'un l'autre de volupté, à moins qu'il ne faille s'en rapporter au jugement de Tirésias[1] qui a déclaré que le plaisir de la femme était deux fois plus grand que celui de l'homme. Il est bon, selon moi, de ne pas rechercher une jouissance égoïste et d'examiner non pas comment on tirera un bénéfice particulier à vouloir prendre pour soi tout le plaisir que l'autre vous donne, mais par quel moyen on pourra le partager en lui en fournissant autant qu'on en éprouve. Or personne, à moins d'être insensé, n'oserait prétendre que c'est le cas avec les garçons. Non ! L'amant actif s'en va après avoir goûté, à ce qu'il croit, des voluptés incomparables, mais celui qu'il a violenté commence par la douleur et les larmes et, lorsque avec le temps la souffrance est devenue moins cuisante, vous ne lui causerez, dit-on, que de la gêne, mais il ne prendra jamais son plaisir. Et s'il est permis de pousser plus loin la chose (et c'est un devoir dans un lieu consacré à Aphrodite), il est possible, Callicratidas, de se servir d'une femme à la manière d'un garçon ; on y trouve davantage de goût en ouvrant un double chemin

1. Cf. Lucien, *Dialogues des morts*, 9, et Ovide, *Métamorphoses*, III, 320 *sqq*.

à la jouissance, mais en aucune manière un mâle ne doit s'offrir en jouissant comme une femme[1] !

28 J'en conclus que si ce sexe peut aussi vous contenter, mettons un mur entre nous, qui nous sépare les uns des autres. Et si le commerce d'un homme avec son semblable est honnête, qu'à l'avenir les femmes puissent s'aimer entre elles. Allons, époque moderne, législatrice des plaisirs insolites, après avoir ouvert de nouvelles routes à la lubricité des mâles, accorde également aux femmes une égale licence : qu'elles suivent l'exemple des hommes pour s'accoupler ! Et que ceinte de ces instruments obscènes et artificiels, obscurs et monstrueux jouets de la stérilité, une femme en conjoigne une autre, à la manière d'un homme. Que ce mot, qui si rarement frappe nos oreilles, et que je rougis de prononcer, que nos obscènes *frotteuses*[2] paradent sans pudeur. Que notre gynécée ne soit

1. Cet argument qui se rapporte à l'échange des plaisirs renvoie à un thème courant dans la littérature érotique : les femmes, pour qui sait « s'en servir », sont capables d'offrir tous les plaisirs que les garçons peuvent donner ; ceux-ci au contraire ne peuvent procurer celui que réserve le sexe féminin. Un poète de la *Couronne* de Philippe, Marcus Argentarius, du Ier siècle de notre ère, enseignait la méthode esquissée, avec quelque ironie, par Chariclès : les deux amours peuvent se concilier : *Retourne Ménophilia aux belles hanches, / Et rêve qu'entre tes bras tu tiens Ménophilos.*

2. Littéralement : « tribades », de *tribein*, « frotter ».

plus que le domaine de Philénis[1], déshonoré par des amours androgynes ! Et même, ne vaudrait-il pas mieux voir la femme usurper le plaisir du mâle que l'homme se dégrader en prenant la place de la femelle[2] ?

29 Après avoir prononcé ces mots avec une rigueur passionnée, Chariclès se tut en dardant encore des regards terribles et presque féroces. Il semblait avoir fait une conjuration expiatoire contre les amours masculines. Pour moi, souriant doucement et tournant les yeux vers l'Athénien, je lui dis :

« En m'asseyant ici, Callicratidas, je m'attendais à ne juger qu'une sorte de jeu plaisant, mais la véhémence de Chariclès a rendu, je ne sais comment, ma fonction beaucoup plus sérieuse. Il s'est passionné outre mesure, presque autant que s'il avait eu à plaider au milieu de l'Aréopage sur un meurtre, un incendie criminel ou, juste ciel, une affaire de poisons ! Voici l'instant, si jamais il en fut, d'appeler Athènes à ton secours : que l'éloquence de Périclès et que la langue des

1. Une poétesse du IVe siècle av. J.-C., réputée pour avoir écrit un livre sur les positions amoureuses. L'auteur supposé de l'ouvrage serait le sophiste Polycrate. Voir *Anthologie Palatine*, VII, 345.

2. En résumé, l'amour des garçons est placé sur les trois axes de la nature : comme ordre général du monde, comme état primitif de l'humanité, et comme conduite raisonnablement ajustée à ses fins. Il nuit à l'ordonnance universelle, il suscite des attitudes pernicieuses, violentes, il transgresse la morale humaine.

dix orateurs armés contre les Macédoniens[1] viennent fortifier ta parole par le souvenir d'une de ces harangues prononcées par le peuple sur le Pnyx. »

30 Callicratidas se recueillit quelques instants. Autant que je pouvais en juger à son visage, il me parut particulièrement animé pour le combat. Il commença sa réponse par ces mots :

« Si les femmes pouvaient participer à l'assemblée, aux tribunaux et aux affaires publiques, elles ne manqueraient pas, Chariclès, de te nommer général ou chef de parti, et de t'élever des statues de bronze sur les places publiques. En effet, quand on accorderait aux plus savantes d'entre elles la liberté d'expression, je ne crois pas qu'elles plaideraient elles-mêmes leur cause avec plus de chaleur : pas même Télésilla, qui guerroyait contre les Spartiates et en l'honneur de qui, en Argos, Arès est compté parmi les divinités des femmes, pas même Sappho, glorieux miel de Lesbos, pas même Théano, fille de la pythagoricienne sagesse ! Il est même probable que Périclès a défendu moins éloquemment Aspasie. Mais s'il sied aux hommes de prendre la défense des femmes, à notre tour,

1. Les dix orateurs athéniens, dont Alexandre le Grand, avait exigé la reddition, après sa victoire sur Thèbes. Voir Plutarque, *Démosthène*, XXIII, 3, et Quintilien, X, I, 76.

hommes, prenons celle des hommes. Et toi, Aphrodite, seconde mon dessein[1], car nous aussi, nous honorons Éros, ton fils.

31 Je m'imaginais d'abord que le différend qui nous divise ne passerait pas les bornes d'une amusante plaisanterie mais puisque Chariclès, dans son discours, s'est mêlé de disserter en philosophe sur les femmes, je saisis volontiers l'occasion de lui dire ceci : seul l'amour masculin est l'ouvrage commun de la volupté et de la vertu. Aussi aurais-je souhaité, si cela était possible, que nous fussions assis auprès de ce platane qui écouta jadis les propos de Socrate, arbre plus heureux que l'Académie et le Lycée, et sous l'ombrage duquel reposait Phèdre, comme l'a dit le divin auteur[2], que les Grâces comblèrent entre tous de leurs faveurs. Peut-être qu'à l'instar du hêtre de Dodone il ferait sourdre de ses rameaux une voix prophétique qui bénirait l'amour des garçons en souvenir du

1. Une chose peut surprendre ici comme au début du dialogue : ce double plaidoyer qui conclura, non sans quelque ambiguïté, en faveur de l'amour des garçons, n'est pas placé sous l'invocation d'Éros, qui est d'ordinaire considéré comme la puissance tutélaire de ce type d'inclination, mais sous le signe d'Aphrodite. La scène, ne l'oublions pas, se déroule à Cnide, près du temple de la déesse. Toutefois, cela n'empêche pas Callicratidas d'invoquer l'hiérophante masculin des mystères de l'Amour, alors que son adversaire, tout naturellement, demande son appui à Aphrodite, qui préside en quelque sorte au débat.

2. Platon, dans *Phèdre*, 229b.

joli Phèdre. Mais cela dépasse le champ du possible puisque

*S'étendent entre nous*
*L'ombre des monts sans nombres et l'onde qui gronde*[1],

puisque nous sommes des étrangers, isolés en une contrée hostile[2], et que Cnide est le domaine privilégié de Chariclès. Néanmoins, nous ne trahirons pas la vérité, même si nous succombons à la crainte !

32 Seulement, viens à mon aide, céleste génie, puissance tutélaire de l'amitié, hiérophante de ses mystères, toi, Éros, non le perfide nourrisson que la main des peintres portraiture malicieusement, mais celui que le principe protoséminal[3] engendra dans la perfection dès sa naissance. Car c'est toi qui formas l'univers jadis obscur, confus et informe[4]. Tirant le monde ainsi que d'un tombeau, tu as mis en déroute le Chaos qui l'enveloppait et l'as précipité dans les derniers abîmes du Tartare, là où sont vraiment

1. Homère, *Iliade*, 156-157.
2. Le statut juridique des homosexuels et leur mode de rapports ne sont pas officiellement contestés jusqu'au VIe siècle, mais, dès le début du IVe siècle, la situation évoluait à leur désavantage, ce qui n'échappait pas à l'attention de certains observateurs.
3. *Protosporos* (semé le premier).
4. Souvenir d'Hésiode, au début de *La Théogonie*.

*Huis ferrés et liminaire de bronze*[1],

afin qu'enchaîné dans une inextricable geôle, il ne pût jamais en revenir. Puis, la lumière de ton flambeau a dissipé la nuit sombre et tu es devenu le démiurge de tous les êtres animés ou inanimés. Or tu versas dans le cœur des hommes le sentiment accompli de la concorde et les attacha par les affections sacrées de l'amitié, afin qu'une âme innocente et délicate, nourrie sous l'abri de la bienveillance, parvînt à l'âge mûr.

33 Il faut dire que la nécessité de perpétuer l'espèce humaine a fait recourir à l'expédient du mariage, mais seul l'amour des hommes doit en tout honneur commander à l'âme du philosophe. Toutes les créations qui ont pour objet l'ornemental sont plus prisées que celles qui visent l'utilité immédiate, et en tout lieu le beau l'emporte sur l'utile. Donc, aussi longtemps que la vie humaine fut plongée dans l'ignorance et qu'elle n'eut pas le loisir de chercher ce qu'il y avait de meilleur au-delà de l'expérience de chaque jour, elle ne s'attachait, dans son contentement, qu'au nécessaire. L'urgence du temps ne permettait guère aux hommes de trouver un genre de vie qui leur convînt. Mais lorsque ces pressantes obligations furent satisfaites, le génie

1. *Iliade*, VIII, 15.

de la postérité délivré des entraves de la nécessité eut davantage le loisir d'améliorer les choses : il en résulta un développement progressif des savoirs. On peut juger de la faiblesse de leur commencement par la perfection que les techniques ont acquise depuis cette époque. Les premiers hommes étaient à peine nés qu'ils cherchèrent un remède à la faim de chaque jour : esclaves d'un besoin toujours présent, l'indigence ne leur permettant pas de choisir ce qu'il y avait de meilleur, ils se nourrissaient de la première herbe venue, ils arrachaient des racines tendres[1], et mangeaient le plus souvent le fruit du chêne. Mais, quelques temps après, ces aliments furent abandonnés aux animaux privés de raison, et les soins des laboureurs se portèrent sur les semailles du blé et de l'orge, qu'ils avaient vues se renouveler chaque année. Il n'est aujourd'hui personne d'assez insensé pour préférer un gland à un épi !

34 Eh quoi ! Dès le commencement du monde, les hommes, qui avaient besoin de se vêtir, ne se couvraient-ils pas avec les dépouilles d'animaux écorchés ? Et ne cherchaient-ils pas un refuge contre le froid dans les cavernes des montagnes ou dans le creux d'antiques souches ou d'arbres secs. Ils ne cessèrent de perfectionner

1. Ou insipides, c'est selon.

ces modèles ; ils se tissèrent des vêtements de laine, bâtirent des maisons ; et, insensiblement les arts afférents à ces diverses industries, formés par les leçons du temps, produisirent au lieu d'un tissu grossier des broderies de toute beauté, aménagèrent à la place de modestes cabanes de hauts palais en marbre somptueux et peignirent l'informe nudité des murailles grâce aux bigarrures nuancées de la couleur. Cependant, chacun de ces arts et savoirs, jadis muet et plongé dans un profond oubli, darda peu à peu ses rayons comme au terme d'un long coucher. Ce qu'un artiste avait inventé, il le transmit à son successeur ; et cette chaîne héréditaire, ajoutant sans cesse à l'héritage du savoir, finit par combler toutes les lacunes.

35 Que personne ne s'attende à trouver trace de l'amour masculin dans les temps anciens. Force était de s'unir à des femmes pour ne pas laisser notre race s'anéantir, faute de reproduction. Mais la variété des connaissances et les désirs de la vertu qu'allume en nous l'amour du beau ne devaient éclore que dans un siècle qui n'a rien laissé inexploré, afin que la pédérastie fleurît sous les auspices de la divine philosophie. Ne va donc pas, Chariclès, vilipender cette découverte comme sans valeur parce qu'elle n'a pas été faite plus tôt, ni parce que le commerce des femmes a des titres plus anciens que l'amour des

garçons, estimer celui-ci inférieur par nature. Non, nous devons regarder comme nécessaires les pratiques anciennes, mais assigner un rang supérieur aux découvertes plus récentes, filles du loisir et de la réflexion.

36 Il m'a pris envie de rire tout à l'heure, en effet, lorsque j'entendais Chariclès faire l'éloge des animaux et de la vie solitaire des Scythes[1]. On eût dit, à la chaleur qu'il mettait dans ses discours, qu'il se repentait d'être né Grec. Comme s'il n'eût rien avancé de contraire à l'opinion qu'il s'efforçait de soutenir, au lieu de parler à mi-voix pour nous dérober sa pensée, il élevait le ton et nous criait à plein gosier :

« Ni les lions, ni les ours, ni les sangliers ne s'aiment entre mâles, mais une inclination les guide seulement en direction des femelles. »

Qu'y a-t-il là d'étonnant ? Ce qu'un homme voudrait choisir à bon droit sous la conduite de la raison ne peut être le fait de créatures inaptes au raisonnement à cause de leur stupidité. Si Prométhée ou quelque autre dieu avaient départi à chacun des animaux, une intelligence humaine, ces derniers ne sauraient se contenter d'une vie solitaire en pleine montagne, ils ne s'entre-dévoreraient pas, mais ils construiraient

1. Il était question d'une vie primitive, comme celle des Scythes, dont Chariclès n'a pas explicitement mentionné le nom.

des temples aussi bien que nous et même, puisque chacun a tendance à faire de son propre foyer le centre de sa vie privé, ils auraient une vie de citoyens modèles, soumis à une législation commune. Est-il surprenant que les animaux, condamnés par la nature à ne recevoir de la Providence aucune des prérogatives de la raison, soient privés des penchants masculins comme de tout le reste ? Les lions ne connaissent pas cet amour, parce qu'ils ne sont pas non plus philosophes ; les ours l'ignorent, parce que la beauté propre aux liens d'amitié leur est inconnue. Mais, chez les humains, l'union de la sagesse et de la connaissance commande, à la suite de nombreux essais, de faire le meilleur choix et a imposé l'opinion que l'amour gai[1] est le plus stable des amours.

37 Cesse donc, Chariclès, de puiser tes exemples dans la vie dissolue des courtisanes, ne viens plus insulter notre pudeur et notre gravité par des discours sans retenue, et ne fais pas de l'Amour céleste un tout jeune enfant. Réfléchis,

1. « Amour gai » est ici préférable à « amour entre hommes », puisqu'il n'est pas certain que le personnage du dialogue n'applique ses observations qu'aux hommes, et que d'autre part les expressions grecques peuvent être comprises sans acception de sexe. On pourrait soutenir que ce porte-parole de l'homosexualité considère les femmes comme également privées des dons de l'intellect et, par suite, incapables de l'amour dont il fait l'éloge ; mais cette thèse est discutable puisque la tradition platonicienne semble plaider en sens contraire.

même si c'est un peu tard pour s'instruire ainsi à ton âge, réfléchis à présent, puisque tu ne l'as pas encore fait : l'Amour est un dieu double qui n'arrive pas toujours par la même voie et dont le souffle allume dans nos âmes des feux bien différents. Mais l'un, selon moi, ne s'occupe que de puérilités ; aucune raison ne peut guider ses sentiments ; il se concentre avec une grande violence dans les âmes des insensés ; c'est de lui que viennent surtout les désirs qui les entraînent vers les femmes. Cet amour accompagne toujours la fougue éphémère et précipite d'un élan invincible vers l'objet de la quête. Quant à l'autre Amour, ancêtre de l'âge d'Ogygès[1], vision vénérable et spectacle tout à fait sacré, propagateur des saines passions, de son souffle il pénètre en douceur dans les âmes de chacun ; et quand ce dieu nous est propice, nous goûtons la volupté mêlée à la vertu. Car en vérité, l'Amour, selon le mot du poète tragique [54], a deux souffle différents et sous un même nom il engendre des passions opposées. De même la Pudeur est une double divinité, tout à la fois utile et pernicieuse : *« Pudeur à l'envi sert ou perd les hommes. »* Une seule lutte, n'en parlons point ! Ici-bas,

1. Roi fabuleux de l'Attique et de la Béotie.

*Il en est deux ; l'une sera louée de qui la comprendra,*
*Condamnons l'autre. Distance partage leur double cours*[1].

Ainsi l'on ne doit pas s'étonner que l'on ait donné à la passion une dénomination qui ne convient qu'à la vertu et que l'on ait appelé Amour la volupté déréglée et la sage bienveillance.

38 « Le mariage, objecte Chariclès, n'est donc rien ? Et tu veux proscrire la gent féminine de cette vie : mais alors, comment les hommes se perpétueront-ils ?

– Il serait souhaitable, comme le dit le très sage Euripide, qu'affranchis du commerce des femmes, nous puissions aller dans les sanctuaires et dans les temples acheter à prix d'or et d'argent des enfants destinés à perpétuer notre lignée[2]. En effet, la nécessité accable nos épaules d'un joug pesant et nous contraint d'obéir à ses commandements. Néanmoins, puisque la raison veut que nous choisissions ce qui est beau, que l'utilité le cède à la nécessité, qu'on restreigne la plupart des femmes à leur rôle unique de procréatrices, mais pour le reste, hors d'ici, je n'en veux pas ! Et quel homme sensé pourrait soutenir le commerce d'une femme qui, dès le matin, ne songe qu'à relever ses charmes par mille

1. Peut-être Euripide. Cf. Cercidas, 3. 14, Nauck, *Fr. Adesp.* 187.
2. Hésiode, *Les Travaux et les jours,* 318, 11 (modifié), 12 et 13.

artifices, dont la laideur est l'apanage intrinsèque et qui corrige par des ornements empruntés la disgrâce de la nature ?

39 Si on voyait au matin les femmes sortir de leur lit, on s'apercevrait en effet qu'elles sont plus disgracieuses que ces bêtes dont il est de mauvais augure de prononcer le nom durant la matinée[1]. C'est pour cela qu'elles s'enferment précautionneusement chez elles et ne veulent être vues d'aucun homme. Des vieilles suivies par un troupeau de chambrières en rang d'oignons, aussi laideronesques que leur maîtresse, environnent une telle femme de toutes parts, ravaudant sa figure contrefaite avec un assortiment de drogues. Ce n'est pas dans un ruisseau d'eau pure qu'elles lavent cette torpeur qui l'ensommeille encore, avant de s'appliquer ensuite à quelque tâche sérieuse. Je ne sais combien d'espèces de poudres parfumées conspirent pour rehausser son teint désagréable. Comme dans une procession publique, chacune des servantes a son office, tour à tour préposée aux surtouts d'argent, aux aiguières, aux miroirs, à une ribambelle de boîtes, comme dans une boutique d'apothicaire, à des pots qui renferment mille

1. Il s'agit des singes. Cf. Lucien, le *Pseudologiste*.

poisons et où elle range une pâte abstersive pour les dents et un noircisseur de sourcils[1].

40 Mais c'est à friser leurs cheveux que les femmes consacrent le plus de temps. Les unes, avec des drogues qui rendent les boucles aussi étincelantes que le soleil à son zénith, les teignent comme de la laine et leurs donnent, en les blondissant, un éclat qui leur fait perdre leurs nuances naturelles ; d'autres, s'imaginant qu'une chevelure noire leur sied davantage, dépensent à cela la fortune de leur époux et de leur coiffure s'exhalent presque tous les parfums de l'Arabie. Des instruments de fer chauffés dans une flamme peu ardente servent à rouler les cheveux récalcitrants en longs anneaux frisottants et les mèches conduites avec un soin minutieux jusqu'aux sourcils ne laissent au front qu'une étroite bande, tandis que les tresses de derrière flottent fièrement sur les épaules.

1. Le monde de la femme, conformément à la topique grecque, est présenté comme trompeur à cause de son mystère même. La séparation sociale entre les hommes et les femmes a fini par conférer à ces dernières les attributs du leurre, et à entretenir l'appréhension masculine. Ainsi, le corps féminin n'est-il qu'un composé d'apparences, un tissu d'imperfections habilement masquées. Il n'est pas étonnant qu'Ovide parle ainsi à l'amant désireux de se déprendre d'une passion douloureuse : « Je te conseille de faire ouvrir toutes les fenêtres et, à la clarté du jour, de noter toutes les imperfections de sa forme » (*Remèdes à l'amour*, v. 345-348).

41 Ensuite, elles mettent une chaussure aux couleurs fleuries : c'est un brodequin qui leur pénètre dans les chairs du pied ! Là-dessus, un tissu plus que léger, que l'on appelle vêtement, sert d'excuse à leur trop visible nudité. Tout ce que cache ce voile se distingue ainsi plus aisément que leur visage car il n'y a que les femmes aux vilaines poitrines tombantes qui les enserrent à l'envi dans une prison de liens. À quoi bon parler davantage de leurs folies dépensières ? De ces pierres érythréennes[1] qui pendent à leurs oreilles et valent de nombreux talents, de ces serpents enroulés à leur poignets et à leurs bras – plût au ciel qu'au lieu d'être en or ils fussent véritables ! Une couronne constellée de pierreries indiennes ceint leur front et des colliers d'une valeur inestimable tombent de leur cou ; l'or est condamné à ramper à leurs pieds pour entourer le pourtour du talon qu'elles laissent découvert. Mieux vaudrait, sans doute, que leurs jambes fussent enchaînées dans des ceps de fer. Après avoir ainsi falsifié la laideur bâtarde de leur corps par les charmes enjôleurs d'une beauté factice, elles ont encore l'impudence de peindre leurs joues, de les rougir avec des fards, afin de relever par

1. Voir Martial, V, 37, 241, et Stace, *Silves*, IV, 6, 18.

l'éclat fleuri de la pourpre la blancheur huileuse de leur peau[1].

42 Mais après tant de préparatifs quelle est leur conduite ? Elles quittent aussitôt le logis et toutes les divinités qu'elles visitent mettent au supplice leurs maris. Certaines parmi elles ont des noms que les malheureux hommes ignorent absolument. Ce sont les Ziziques, les Génétiques[2], la déesse de Phrygie[3] et les cérémonies commémorant un amour infortuné pour un berger[4]. Viennent ensuite des initiations secrètes, des mystères suspects qui excluent les hommes et (ai-je besoin d'en dévoiler davantage ?) une corruption des âmes. À peine de retour au logis, elles prennent des bains interminables, font dresser, juste Ciel, des tables somptueuses et minaudent entourées d'hommes. Quand les gloutonnes se sont gorgées à satiété des mets qui leur font face, quand

1. D'autres éloges de la pédérastie se repaissent dans la littérature grecque de tous ces thèmes satiriques. Ainsi Achille Tatius, dans *Leucippé et Clitophon*, fait dire à l'un de ses personnages, amateurs de garçons : « Chez une femme tout est artificiel, et paroles et attitudes. Si l'une d'entre elles semble belle, c'est le résultat fort laborieux des onguents. Sa beauté est faite de myrrhe, de teintures pour les cheveux et de fards. Si tu enlèves à la femme tous ses artifices, elle ressemble au geai de la fable à qui l'on a ôté ses plumes » (II, 37).

2. Surnoms d'Aphrodite : *Coliade* (de *kolôn*, « le membre viril ») et *Génétyllide* (qui concerne les actes de la génération). Voir Aristophane, *Nuées*, 51.

3. Cybèle.

4. Attis.

leur gosier n'a même plus la force d'accepter aucun aliment, elles effleurent du bout des doigts les mets qu'on leur apporte afin de ne rien laisser sans y goûter, devisant entre elles de leurs nuits, de leurs songes diaprés, de leurs lits remplis d'une telle volupté féminine qu'on a tout de suite besoin d'un bain lorsqu'on en sort.

43 C'est donc à ces signes distinctifs qu'on reconnaît la vie d'une femme paisible. Mais si l'on voulait scruter avec exactitude celle des plus terribles, on maudirait véritablement Prométhée et l'on ferait retentir ces mots de Ménandre :

*N'est-ce pas bien de montrer Prométhée*
*Sur les roches du Caucase enchaîné ?*
*N'est-ce pas bien qu'une torche enfumée*
*Soit le seul don qui lui soit assigné ?*
*Les dieux, je crois, le haïssent dans l'âme*
*Pour le méfait d'avoir créé la femme.*
*La femme ! Est-il plus sotte invention ?*
*On se marie, hélas ! Quelle union !*
*Alors, Lachès, arrive la misère,*
*Autour du lit rôde maint adultère,*
*Et les poisons, et le tourment jaloux,*
*Qui mord au cœur et l'épouse et l'époux*[1]

Qui veut aller quérir de tels avantages ? À qui cette vie misérable pourrait-elle plaire ?

1. *Fragment* 718 (traduction empruntée à l'édition de Talbot).

44 Il est juste d'opposer maintenant à ces femelles détestables la conduite virile du jeune garçon. De bon matin, il quitte sa couche solitaire, et après avoir dissipé dans un bain d'eau pure le sommeil qui reste encore dans ses yeux, il attache avec une agrafe sa tunique sur son épaule. Bientôt, il sort de la maison paternelle, le regard baissé, sans jamais dévisager aucun des passants qui viennent à sa rencontre. Ses valets de pied et ses pédagogues, honnête cortège, l'accompagnent. Ils ont en mains les vénérables instruments de sa vertu : ce ne sont point les dentelures aiguës d'un peigne destiné à caresser ses cheveux, ni des miroirs où, sans le secours de la peinture, se reflète son portrait, mais une pléthore de tablettes qui marchent à sa suite, ou des livres, précieux dépôts des vertus antiques, ou bien encore sa lyre harmonieuse, s'il se rend chez son maître de musique.

45 Après avoir brillamment fortifié son âme par des leçons de la sagesse et rassasié son esprit de connaissances, il développe son corps par de nobles exercices : les chevaux de Thessalie sont l'objet de ses soins. Puis, après avoir dompté sa jeunesse comme on le fait d'un poulain, il médite sur la guerre au milieu de la paix, lance des javelots et décoche des traits, avec une dextérité pleine d'assurance. Ensuite, ce sont les palestres onctueuses, et les contractions du corps qui, sous

la canicule du soleil de midi, se couvre de poussière ; ce sont les sueurs que font ruisseler les efforts de la lutte, un bain de quelques instants et une table frugale qui ménage, peu après, de nouvelles occupations. En effet, ses maîtres reviennent à la charge pour lui commenter les faits de l'antiquité et graver dans sa mémoire quel héros fut un brave, qui fut un parangon de sagesse, ou quels sont ceux qui embrassèrent la justice et la tempérance. Quand il a versé la rosée de ces vertus sur son âme délicate et que le soir est venu mettre un terme à ses travaux, il offre à son estomac le tribut exigé par la nature, puis il dort d'un sommeil d'autant plus délicieux que ce repos fait suite aux bonnes fatigues de la journée.

46 Qui ne serait l'amant d'un pareil jeune homme ? Qui serait aveugle à ce point, ou d'un raisonnement assez stupide ? Comment ne pas s'en éprendre : tantôt Hermès à la palestre, tantôt Apollon avec sa lyre, tantôt cavalier à l'instar de Castor, habillé d'un corps périssable, ne marche-t-il pas dans la trace des vertus divines ? Quant à moi, divinités célestes, que ma vie se passe éternellement à être assis en face de cet ami, à profiter de l'agrément intime de sa conversation, et à partager avec lui toute son activité. Un amant souhaiterait que celui qu'il aime passât une vie exempte de malheur et de trouble et parvînt sans souffrir à la vieillesse, sans avoir été la victime des

méchants tracas du sort. Mais si, comme le veut la loi de la nature humaine, une maladie l'afflige, je serai malade avec lui ; s'il prend la mer dans la tempête, je naviguerai à ses côtés ; si la violence d'un tyran le jette dans les fers, je me ceindrai des mêmes chaînes. Je détesterai qui le hait, je chérirai qui le chérit. Si je vois des brigands ou des guerriers prêts à fondre sur lui, les armes à la main, je le défendrai, au-delà de mes forces ; s'il meurt, je ne supporterai plus de vivre et, ces dernières volontés, je les adresserai à ceux que j'aime le plus après lui : qu'ils nous creusent la même tombe à tous les deux, qu'ils confondent nos os, et qu'ils n'en séparent pas la cendre légère.

47 Mes amours, pour ceux qui en sont dignes, n'ont pas la primeur d'une telle profession de foi : la vertu héroïque, cette voisine des dieux, en avait déjà sanctionné les décrets selon lesquels la passion de l'amitié respire jusqu'à la mort. Jadis, la Phocide unit Oreste et Pylade dès leur enfance. Prenant un dieu comme médiateur de leurs inclinations réciproques. Tous deux firent périr Clytemnestre, comme s'ils eussent été les enfants d'Agamemnon. Par eux également Égisthe fut tué. Et quand les *Vengeresses* tourmentaient Oreste, Pylade souffrit encore plus que lui et le soutint dans son procès. Ce ne fut pas aux limites de la Grèce qu'ils bornèrent leur amoureuse amitié, mais ils naviguèrent

jusqu'aux confins ultimes de la Scythie, l'un malade, l'autre le soignant. Quand ils furent arrivés jusqu'en terre de Tauride, l'Érynie, vengeant le sang d'une mère, leur donna l'hospitalité. Et tandis que les Barbares les cernaient de toutes parts, Oreste, sous l'empire d'hallucinations familières, gisait immobile ; mais Pylade

*Essuyait l'écume de sa bouche, le remettait d'aplomb*
*Et le couvrait de la bonne étoffe de son manteau*[1],

faisant preuve, moins de la tendresse d'un amant que de celle d'un père. Lorsqu'il fut décidé que l'un resterait pour être sacrifié et que l'autre irait à Mycènes porter la lettre, ils voulurent tous deux rester à la place de l'autre, chacun estimant qu'il vivrait à travers la vie de l'autre. Oreste repoussa la lettre comme si Pylade était plus digne de la porter et qu'il était l'aimé au lieu d'être l'amant :

*Il me serait intolérable de laisser égorger mon ami,*
*C'est moi qui embarquai cette cargaison de malheurs*[2].

Et plus loin, il dit :

*Remets lui ton message*
*Qu'il emportera à Argos au mieux de tes désirs.*
*Quant à moi, me tue qui voudra s'en charger*[3] !

1. Euripide, *Iphigénie en Tauride*, 311-312.
2. *Ibid.* 598-599.
3. *Ibid.* 603-605.

48 Ainsi va le monde. Quand un amour honnête, nourri dès l'enfance, s'est fortifié jusqu'à l'âge où l'on devient capable de raisonnement, celui que nous aimons depuis longtemps nous rend alors notre amour. On distinguerait difficilement lequel des deux est l'amant : ainsi que dans un miroir, la bienveillance de l'amant reflète la même image que celle de l'aimé. Pourquoi donc nous reproches-tu comme une volupté étrangère à notre vie ce qui a été fixé par les lois divines et dont la succession s'est perpétuée jusqu'à nous ? Ce que nous avons reçu avec joie, nous le gardons comme un dépôt sacré. Heureux en effet, comme l'ont dit avec justesse les sages, celui qui a :

*Petits amis et chevaux au sabot non fendu,*
*Il mène une vieillesse si légère le vieillard*
*Que chérissent de jeunes gars*[1].

L'enseignement de Socrate et son fameux tribunal de vertu ont été consacrés par le trépied de Delphes. Et le dieu Pythien n'a-t-il pas rendu un oracle de vérité en disant :

*Socrate est le plus sage de tous les hommes*[2],

1. Vers inspirés de Théognis, 1253, attribués à Solon (Voir Platon, *Lysis*, 212e).

2. Voir Diogène Laerce, II, 37 ; Platon, *Apologie de Socrate*, 20e, et Origène, *In Celsum*, VII, 6.

lui qui, parmi toutes les connaissances dont il a enrichi la vie humain approuva l'amour des garçons comme un avantage suprême ?

49 Sans doute faut-il aimer les jeunes gens de la manière dont Alcibiade fut aimé de Socrate, lequel dormait avec lui sous la même couverture comme un père. Quant à moi, j'aimerais opportunément achever mon discours par ces vers de Callimaque qui contiennent un avis utile à tous :

*Vous qui sur les garçons portez des yeux gourmands,*
*Aimez-les comme Erchios vous a dit de le faire*
*Pour voir une cité rempli de nobles cœurs*[1].

Retenez bien cette maxime, jeunes gens, approchez les garçons vertueux avec tempérance, ne gaspillez pas une longue affection pour un mince plaisir, ne feignez pas des sentiments amoureux que l'âge mûr verrait s'éteindre, mais adorez l'amour céleste et conservez la même constance de sentiments de l'enfance à la vieillesse. Car ceux qui aiment de cette façon ont

1. Callimaque, *Fragments* 107 (Pfeiffer). Dans ce mystérieux Erchios, certains ont vu Xénophon, du dème d'Erchia. Et ce serait une allusion aux conseils de Socrate à Critias (*Mémorables*, I, 2, 29). On songerait plutôt à une déformation de Zeus Herchios (protecteur des cités) qui invite les jeunes à cet amour mutuel qui est pour la patrie le plus fort des remparts.

une vie bien douce, puisque aucune souillure n'a entaché leur conscience et, après leur mort, une rumeur de gloire est colportée parmi les hommes. S'il faut en croire les enfants des philosophes, l'éther reçoit, après leur vie, ceux qui ont pratiqué cet amour : ils s'en vont vers une vie meilleure jouir de l'immortalité qui est le prix de la vertu[1].

50 Après que Callicratidas eut prononcé ce sermon avec le bouillonnement d'un adolescent, Chariclès prit l'initiative de lui répondre mais je l'arrêtai : il était temps de regagner notre navire. Or, comme ils me pressaient d'énoncer mon verdict, je réfléchis un moment à leurs discours respectifs, et dis :

« Il n'est pas possible, mes amis, que vous ayez improvisé, sans méditation antérieure, les paroles que vous venez de prononcer. Par Zeus, on y sent la trace d'une inspiration continue et profonde. Vous ne laissez rien à dire à qui voudrait parler sur le même sujet, et bien que vous ayez montré une connaissance parfaite de la matière, c'est votre habileté oratoire

1. Comme on l'a vu, le débat a ici une composition rigide. Même si le discours de Callicratidas est plus orné et plus long que celui de Chariclès, les deux plaidoyers ont la même structure. Les arguments sont disposés dans l'ordre. Ils se répondent. Le premier insiste sur la nature de l'amour garçonnier, son origine et son fondement dans l'ordre du monde ; le second tente de définir quel plaisir on prend dans ce type d'amour, ou dans l'autre.

qui a eu le dernier mot. Aussi aimerais-je être, si la chose était possible, Théramène le *Tourne-Veste*[1], pour que vous partiez tous deux vainqueurs, et du même pied. Cependant, puisque vous ne voulez pas de sursis et que j'ai décidé que la suite de notre traversée ne serait plus troublée par de tels débats, je vais prononcer la sentence qui, pour le moment, me semble la plus juste.

51 Le mariage est infiniment utile aux hommes : il rend heureux quand on fait une bonne rencontre. Au contraire, les amours garçonnières, dans la mesure où elles observent les lois chastes de l'amitié, sont, à mon avis, le seul privilège de la philosophie[2]. Ainsi, que tous les hommes soient en devoir de se marier, mais que la pédérastie ne soit permise qu'aux sages, car la vertu des femmes n'est pas pour eux assez parfaite. Ne sois point fâché, Chariclès, si Corinthe le cède à Athènes. »

1. Littéralement : « le cothurne » : il s'agit de l'un des Trente Tyrans, qui fit condamner les généraux vainqueurs aux Arginuses. Pour exprimer sa vénalité, on le nommait *cothurne*, puisque ce type de chaussure était assez large pour s'adapter à n'importe quelle pointure. C'est ainsi que Napoléon disait de Fouché : « Il est toujours prêt à mettre son pied dans le soulier de tout le monde. »

2. Aucun des orateurs de ce dialogue n'explique la naissance jumelle de la philosophie et de la pédérastie, ni ne justifie le rapprochement restrictif propre à cette conclusion.

52 Je me hâtai de prononcer ce jugement avec une sorte de pudeur et je me levai. Je vis alors Chariclès baisser la tête, comme s'il venait d'entendre son arrêt de mort. L'Athénien, au contraire, le front radieux, bondit de joie et marcha devant nous, fier de son triomphe. On l'eût pris pour un vainqueur des Perses, après le combat naval de Salamine. Je reçus de lui la récompense de mon jugement car il nous invita à un somptueux repas qu'il donna pour célébrer sa victoire, car son comportement, en d'autres occasions, avait dénoté une propension à la munificence. À voix basse, je consolai Chariclès en louant sa vivacité oratoire et je lui dis qu'il avait d'autant plus excité mon admiration qu'il avait parfaitement défendu la plus mauvaise cause.

53 THÉOMNESTE : Au nom des dieux, penses-tu que je sois Balayon ou Besognard[1] pour contredire un jugement si bien rendu par toi ? Ton récit m'a tellement enchanté que je me suis imaginé être à Cnide et que j'ai été sur le point de prendre cette petite maison pour le temple fameux. Cependant, (car il est permis de tout dire un jour de fête, et la gaieté, même si elle

1. Littéralement : « un Corèbe ou un Mélétide », fous proverbiaux cités par Aristophane (*Grenouilles*, 991) et Lucien (*Le Menteur d'inclination*, 3).

est excessive, a elle aussi ses vacances !) je dois dire que j'ai fort admiré la gravité prétentieuse du discours pédérastique, pourtant, je doute beaucoup qu'il soit fort agréable de vivre jour et nuit avec un jeune garçon, d'éprouver le supplice de Tantale, et d'avoir les yeux inondés de sa beauté, en se laissant mourir de soif au milieu des eaux. Car ce n'est pas assez de contempler qui l'on aime, d'être assis en face de lui et de l'entendre parler[1]. Or la vue n'est, en quelque sorte, que le premier degré de volupté établi par l'Amour, mais après avoir vu et contemplé, celui-ci désire se rapprocher et toucher. Dès qu'il a touché seulement du bout des doigts, des vagues de jouissance parcourent entièrement son corps. L'occasion se présentant, il risque en troisième lieu un baiser qui saura encore rester discret ; il approche doucement ses lèvres des lèvres aimées et à peine même se sont-elles unies qu'il s'écarte pour ne laisser deviner aucune intention secrète. Puis se réglant sans cesse sur les concessions qu'on lui fait, il appuie plus longtemps ses baisers, parfois même il entrouvre doucement la

1. L'ironie finale de Théomneste mord essentiellement sur l'éloge de l'amour des garçons, mais cette ironie montre qu'une question sérieuse est soulevée. Il s'agit d'ancrer dans un érotisme charnel les arguments développés par Callicratidas, et de mettre un point final à un argumentaire pédérastique qui, malgré un profil rhétorique passablement appuyé, n'osait conclure en faveur des *réalités*.

bouche pleine d'abandon. Ses bras pendant ce temps ne restent pas sans rien faire. Ils enlacent l'aimé par-dessus ses habits, pour éveiller le plaisir. La main droite en tapinois se glisse avec souplesse, appuie sur les tétons qui se gonflent. Sur la surface arrondie du ventre, il promène doucement les doigts, puis descend jusqu'au duvet où s'épanouit le sexe.

*Mais à quoi bon revenir sur ce qu'il faut taire*[1] ?

Ces privautés obtenues, l'amour s'attaque à de plus chaudes prouesses. On prélude à l'œuvre des cuisses et, comme dit le poète

*Voici le travail de frappe*[2].

54 Selon moi, c'est ainsi qu'on doit aimer les garçons. Que les nébulocogitateurs et que tous ceux qui portent le sourcil philosophique plus haut que leurs tempes repaissent les ignorants des captieuses subtilités de leurs paroles révérencieuses[3]. Car Socrate s'y connaissait en amour

1. Euripide, *Oreste*, 14.
2. La référence est inconnue. À travers ce plaidoyer du pseudo-juge se dessine la préoccupation majeure du dialogue. Théomneste, également sensible au charme des filles et à la beauté des garçons, revendique les *aphrodisia*, plaisir physique qui, loin des arguties « théorico-discursives » des deux orateurs, les congédiera dans un éclat de rire.
3. Théomneste n'est pas dupe. Il rappelle qu'il est impossible de tenir un discours sur l'amour et les *aphrodisia* si l'on exclut toute

aussi bien qu'un autre, et Alcibiade, qui reposa sous le même manteau que lui, ne s'en releva pas sans avoir subi ses assauts. Ne t'en étonne point : Achille n'aimait pas Patrocle pour le seul plaisir de rester assis en face de lui :

*En attendant que l'Éacide eût mis fin à ses chants*[1].

Non, le plaisir était aussi le truchement de leur amitié. Aussi, lorsque Achille gémit à la mort de Patrocle, il laisse éclater l'intempérance de sa passion avec l'accent de la vérité et dit :

*Le pieux embrassement de tes cuisses*[2]...

Je crois aussi que ceux que les Grecs appellent *Comastes* ne sont rien moins que des amants de profession. Quelqu'un déclarera peut-être que la chose est honteuse à dire, mais c'est du moins la vérité, par l'Aphrodite de Cnide.

LYCINOS : Je ne souffrirai pas, mon cher Théomneste, que tu poses les fondements d'un troisième discours, dont je ne pourrais entendre

---

forme de plaisir physique. L'ironie du Pseudo-Lucien vient donc mettre en branle le vieil argumentaire de la pédérastie grecque, qui, afin de la mieux formuler, esquivait en elle tout rapport à la jouissance. Sans affirmer que l'amour des femmes est meilleur, le Pseudo-Lucien montre l'indigence d'un discours sur l'érotique affranchi de toute référence au plaisir physique.

1. *Iliade*, IX, 191.
2. Eschyle, *Myrmidons*, fr. 136.

que le début durant ce jour de fête, sans que le reste parvienne à mes oreilles. Ne nous retardons pas davantage et allons jusqu'à la place publique. Le moment approche où l'on va embraser le bûcher d'Héraclès. Le spectacle n'est pas sans charme et commémore les souffrances qu'il a endurées sur l'Œta.

LUCIEN DE SAMOSATE

# TOXARIS

ou l'Amitié

1 MNÉSIPPE. Que dis-tu, Toxaris[1] ? Vous sacrifiez à Oreste et à Pylade, vous autres Scythes, et vous les regardez donc comme des dieux ?

TOXARIS : Oui, Mnésippe, nous leur sacrifions, sans cependant les considérer comme des dieux, mais plutôt comme des hommes de bien.

MNÉSIPPE : Est-ce donc chez vous un usage de sacrifier aux gens de bien à titre posthume, comme à des dieux ?

TOXARIS : Non seulement nous les sacrifions, mais nous les honorons dans nos fêtes publiques et nos réunions solennelles.

MNÉSIPPE : Et quel est votre but ? N'est-ce pas de vous concilier leurs faveurs en leur sacrifiant, puisque vous savez qu'ils sont morts.

TOXARIS : C'est toujours un avantage de se rendre les morts favorables ; mais nous croyons,

1. Ce Toxaris n'a rien à voir avec le héros contemporain de Solon dont il est question dans *Le Scythe*.

en outre, faire une chose très utile aux vivants en leur rappelant le souvenir des meilleurs. De fait, nous honorons ces morts et nous pensons que plusieurs de nos concitoyens voudront les imiter.

2 MNÉSIPPE : C'est penser judicieusement. Mais dites-moi ce que vous admirez tant dans Oreste et dans Pylade pour avoir mis au rang de dieux des hommes qui vous étaient étrangers et se sont même montrés vos ennemis. Ces gens, après qu'un naufrage les eut jetés sur vos côtes, furent pris en ce temps-là par les Scythes et emmenés pour être immolés à Artémis. Mais ils surprirent leurs geôliers, renversèrent la garde du roi, le tuèrent lui-même, et saisissant la prêtresse, que dis-je, arrachant Artémis elle-même de son sanctuaire, ils se rembarquèrent en se moquant des lois des Scythes. En conséquence, si c'est pour de pareilles actions que vous honorez ces hommes, vous ne manquerez pas de gens qui les imiteront. Prenez garde que ces anciens exemples qui vous paraissent si beaux n'attirent en Scythie une foule d'Orestes et de Pylades. Vous ne tarderez pas, ce me semble, à n'avoir ni religion ni dieux, si ceux qui vous restent vous sont enlevés de la même manière. Puis, je crois qu'à la place de tous ces dieux, vous honorerez leurs ravisseurs, et à ceux qui auront dépouillé vos temples vous offrirez des sacrifices comme à des dieux.

3 Mais si ce n'est pas pour ces actions que vous rendez un culte à Oreste à Pylade, qu'ont-ils donc fait pour mériter votre reconnaissance ? Autrefois, vous ne les regardiez pas comme des dieux, et à présent vous leur sacrifiez, vous les mettez au rang des divinités, vous immolez des victimes à des hommes qui ont failli être victimes eux-mêmes. Cela pourrait bien sembler ridicule et contraire à vos anciens usages.

TOXARIS : À vrai dire, Mnésippe, tout ce que tu viens de rapporter de ces grands hommes ne doit-il pas être regardé comme une suite de belles actions ? Ils n'étaient que deux et ils osèrent former l'entreprise la plus hardie ; ils quittèrent leur patrie pour s'embarquer longuement sur le Pont-Euxin, voyage qu'aucun Grec n'avait osé tenter depuis que les Argonautes vinrent batailler en Colchide. Ils ne furent pas effrayés par tout ce qu'on en racontait de fabuleux ; ils ne craignirent pas le nom d'*inhospitalière* que l'on donnait à cette mer (j'aime à penser que ce fut à cause des peuplades féroces qui en habitaient les bords[1]). Lorsqu'ils furent faits prisonniers, ils se conduisirent avec tant de bravoure qu'après avoir brisé leurs fers, ils vengèrent sur le roi l'outrage qu'ils

1. Selon Apollodore (Voir Strabon, VII, 298-299), le Pont-Euxin fut d'emblée qualifié d'*axeinos* (inhospitalier) à cause des tempêtes, mais aussi des tribus barbares qui vivaient sur le litoral. Voir Pindare, *Pyth.* IV, 203 et *Ném.* IV, 49.

en avaient reçu et reprirent la mer après avoir emporté Artémis avec eux. Comment de telles actions ne paraîtraient pas admirables et dignes des honneurs divins à tous ceux qui rendent hommage à la vertu ? Ce n'est cependant pas là ce que nous considérons dans Oreste et dans Pylade, ni ce qui nous a fait les regarder comme des héros.

4 MNÉSIPPE : S'il te plaît, dis-moi au moins ce qu'ils ont accompli de si grand et de si divin. Si c'est leur voyage ou leur navigation que tu admires, je pourrais te montrer beaucoup de gens qui mériteraient tout autant d'avoir des autels, surtout les Phéniciens, qui ne naviguent pas seulement sur le Pont-Euxin, jusqu'au Méotide et au Bosphore, mais qui parcourent toutes les mers grecques et barbares. Ces gens explorent toutes les côtes et tous les rivages pendant l'été, et ne s'en retournent chez eux que sur la fin de l'automne. Du coup, les mettras-tu au nombre des dieux ? Cependant la plupart ne sont que des marchands ou des vendeurs de poissons !

5 TOXARIS : Écoute-moi et apprends, mon cher, que nous, qui sommes des barbares, nous nous faisons des grands hommes une plus haute opinion que vous. On ne pourrait pas trouver à Mycènes ou dans Argos un tombeau vénérable d'Oreste ou de Pylade, or chez nous un temple leur est consacré. Un même culte les honore tous les deux à la fois, en mémoire de l'amitié qui les

unissait. Nous leur offrons des victimes, nous leur rendons toutes sortes d'honneurs. Et leur qualité d'étrangers (ils n'étaient pas Scythes) ne les empêche pas d'être regardés comme des héros ni d'être adorés par l'élite du peuple scythe. Nous ne cherchons pas à savoir chez nous de quel pays sont les honnêtes gens et nous ne sommes point jaloux de leurs belles actions, quand bien même ils seraient nos ennemis. En les louant, nous les mettons, à cause de leurs exploits, au rang de nos concitoyens. Mais ce qui excite le plus notre admiration, ce que nous louons surtout dans ces hommes, c'est qu'ils ont été, nous semble-t-il, les amis les plus accomplis du monde, et qu'ils ont établi en vrais législateurs les usages montrant comment il faut, entre amis, partager les coups du sort.

6 L'histoire de ce qu'ils ont souffert ensemble, ou l'un pour l'autre, a été gravée par nos ancêtres sur une colonne d'airain qui leur est consacrée dans le temple d'Oreste. Il a même été ordonné par une loi que l'inscription de cette colonne servirait de rudiment et d'éducation élémentaire à leurs enfants, tenus d'apprendre par cœur le récit qui s'y trouve enchâssé. Aussi un enfant oublierait plutôt le nom de son père qu'il n'ignorerait les actions d'Oreste et de Pylade. Outre cela, tout ce qui est inscrit sur la colonne est représenté sur le pourtour du temple dans des peintures qu'ont fait faire nos ancêtres. On voit

d'un côté Oreste naviguant avec son ami, ensuite son vaisseau fracassé contre les écueils, son arrestation et son sacrifice imminent ; Iphigénie va déjà frapper les victimes. Vis-à-vis, sur le mur parallèle, Oreste est représenté délivré de ses chaînes et tuant Thoas avec une foule d'autres Scythes. Enfin les deux amis rembarquent, amenant avec eux Iphigénie et la déesse. Les Scythes veulent arrêter le vaisseau qui fend déjà les vagues, vainement ils se suspendent aux gouvernails et s'efforcent de monter à bord ; mais leurs efforts sont inutiles. Bientôt, les uns blessés, les autres craignant de l'être, regagnent le rivage à la nage. C'est ici surtout qu'on peut voir quelle tendresse ces deux Grecs montrèrent l'un pour l'autre dans ce combat contre les Scythes. Car le peintre les a représentés tous deux négligeant le soin de leur propre vie, pour repousser les ennemis qui attaquent l'autre. Chacun tente de s'avancer au-devant des flèches dirigées contre son ami ; il compte la mort pour rien, s'il le sauve et le protège des coups en le couvrant de son propre corps.

7 C'est cette bienveillance si vive, cet empressement à partager les périls, cette foi, ce dévouement à l'amitié, cette sincérité et cette solide tendresse réciproque, que nous avons crus au-dessus du commun des hommes, et comme le partage d'intelligences supérieures à l'humanité. La plupart des hommes, en effet, tant que souffle

une brise favorable, se fâchent contre leurs amis s'ils ne partagent pas avec eux tous leurs plaisirs. Mais si le vent devient contraire, ils fuient et les laissent seuls au milieu du danger. Apprends donc qu'il n'y a rien de plus grand que l'amitié aux yeux des Scythes ; qu'un Scythe n'estime rien tant que de partager les travaux et les périls d'un ami et qu'il n'y a pas chez nous de plus grande honte que de trahir les devoirs de l'amitié. Telle est la raison qui nous pousse à honorer Oreste et Pylade, qui ont surpassé tous les autres dans les vertus pratiquées par les Scythes, et qui se sont distingués dans l'amitié, accomplissement que nous admirons au plus haut point. Voilà pourquoi nous leur avons donné le nom de *korakoi* qui signifie dans notre langue *génies tutélaires de l'amitié.*

8 MNÉSIPPE : Je vois bien, Toxaris, que les Scythes ne sont pas seulement un peuple d'archers émérites, plus belliqueux que les autres, mais qu'ils excellent encore à parler le langage de la persuasion. Pour moi, qui jusqu'ici avais une toute autre opinion, je commence à croire que vous n'avez pas eu tort de diviniser Oreste et Pylade[1]. Je ne savais pas non plus, mon cher,

1. Il est tout à fait invraisemblable que des Scythes (et il s'agit ici non de Scythes hellénisés mais de Scythes réputés sauvages) aient élevé un monument en relation avec une légende qui n'a jamais été prise très au sérieux et qui a été forgée par les Grecs, voyageurs et poètes. On reconnaît à travers les fresques décrites par Toxaris la trame gros-

que tu étais un si bon peintre ; il m'a semblé, pendant ton récit, que je voyais les tableaux du temple d'Oreste, et le combat, et les blessures que les deux amis recevaient l'un pour l'autre. Je n'aurais jamais pensé que les Scythes pussent professer un pareil culte de l'amitié. Je les croyais, au contraire, inhospitaliers, sauvages, enclins à la haine, à la colère, à l'emportement, incapables d'aimer même leurs plus proches parents ; et je les jugeai en prêtant foi à tous les récits que j'avais entendus sur leur compte et sur la rumeur selon laquelle ils mangent leur père après sa mort[1].

9 TOXARIS : Valons-nous mieux que les Grecs sous les autres rapports, sommes-nous plus justes, plus respectueux qu'ils ne le sont envers nos parents ? Je ne prétends pas entrer en contesta-

---

sière de l'*Iphigénie en Tauride*. Pourtant quelques divergences narratives se font jour : le naufrage d'Oreste et de Pylade est seulement suggéré au vers 276 de la tragédie ; le massacre des Scythes (troisième tableau lucianesque) n'a jamais eu lieu, et leur potentat, loin d'être assassiné, fut finalement converti à la clémence par l'épiphanie terminale de la pièce. Mais on peut penser que l'interlocuteur scythe, qui optera dans les histoires suivantes pour le carnage, se plaît à assombrir le mythe euripidéen. C'est aussi le sort du quatrième tableau (§ 8), qui porte la description à son paroxysme. Les coups de poing échangés avec les gardiens scythes au moment d'embarquer se transforment en un combat héroïque, ou Oreste et Pylade rivalisent d'amitié. L'*ecphrasis* s'intègre donc, et par son origine tragique, et par sa coloration fantaisiste, au dessein purement littéraire du dialogue.

1. Cf. Hérodote, IV, 26 (à propos des Issedons), et I, 216 (sur les Massagètes).

tion avec toi sur cette question. Toujours est-il que les Scythes sont, plus que les Grecs, des amis tendres et fidèles, et que l'amitié est chez nous plus honorée que chez vous : ce serait un point facile à démontrer. Mais, au nom des dieux de la Grèce, ne te fâche pas, si tu m'entends dire ce que j'ai observé pendant le long séjour que j'ai fait chez vous. Vous me paraissez capables de faire sur l'amitié les plus beaux discours du monde ; mais, loin que vos actions répondent à vos paroles, vous vous contentez de la louer et de montrer quel grand bien elle est pour les hommes ; puis, au moment d'agir, traîtres à votre langage, vous fuyez, je ne sais comment, la mise en application de vos théories. Lorsque vos poètes tragiques exposent sur la scène des exemples d'une amitié parfaite, vous les louez, vous applaudissez, vous partagez les dangers des héros, presque tous, vous versez des larmes. Néanmoins, vous n'osez rien faire pour vos amis qui méritent ces louanges prodiguées à des héros imaginaires. Et si d'aventure l'un d'entre eux a besoin de votre aide, sur le champ, tel un songe, tous ces récits tragiques vous quittent, s'envolent à tire d'aile et vous laissent semblables à ces masques vides et muets, dont la bouche prodigieusement ouverte ne profère pas une seule parole. Notre conception à nous est aux antipodes de la vôtre : autant nous vous sommes inférieurs dans les discours sur l'amitié, autant nous vous surpassons en conduite.

10 Si tu veux bien, faisons une chose : laissons reposer les anciennes amitiés de votre pays et du nôtre[1], dont nous pourrions dresser l'inventaire. Vous auriez trop d'avantage à citer comme des témoins dignes de foi, les nombreux poètes qui, dans leurs beaux vers et leurs harmonieuses rhapsodies, ont chanté l'amitié d'Achille et de Patrocle, de Thésée et de Pirithoüs, et de tant d'autres. Prenons seulement un petit nombre de faits arrivés de notre temps, et racontons, moi les actions des amis scythes, et toi les actions des amis grecs. Celui qui l'emportera, en produisant les exemples les plus généreux, sera réputé vainqueur et proclamera le triomphe de son pays dans un bel et glorieux combat. Pour moi, j'aimerais mieux, si j'essuyais une défaite dans ce duel, avoir la main droite coupée, ce qui est une peine infamante chez nous, que d'être jugé inférieur à un autre en amitié, et cela quand cet autre est un Grec, et que je suis un Scythe.

11 MNÉSIPPE : Ce n'est pas une mince affaire que d'oser combattre en duel, Toxaris, avec un

1. Lucien, sans doute par habitude scolaire, reste fidèle aux anciens : l'Antiquité lui semble être le théâtre des grands exploits, de la vertu, de la bonne sculpture, des lois prudentes, etc. Si Toxaris propose ici de négliger les exemples du passé, c'est que les temps révolus (surtout ceux de la Grèce) en sont trop riches.

homme armé, comme tu l'es, de traits bien aiguisés et faisant mouche à coup sûr. Cependant, je ne trahirai pas si lâchement et si vite les intérêts de la Grèce entière, en reculant devant toi. Il serait honteux que deux hommes aient pu jadis mettre en déroute un si grand nombre de Scythes, suivant la tradition et les antiques peintures que tu m'as décrites tout à l'heure avec l'emphase d'un histrion, et que tous les Grecs, nations si nombreuses, villes si considérables, soient vaincus par toi en faisant défaut. Si cela arrivait, il faudrait me couper non la main mais la langue. Toutefois, il est juste, avant tout, de fixer le nombre de nos exemples d'amitié, à moins que tu ne sois d'avis que plus on en rapportera, plus on sera en droit d'obtenir la victoire.

TOXARIS : Pas du tout ; la valeur de nos exemples ne sera pas déterminée par la quantité, mais par l'excellence des traits, et tu seras vainqueur si les tiens percent mieux que les miens, quoique égaux en nombre et je tomberai plus vite sous leurs coups.

MNÉSIPPE : Fixons pourtant un nombre suffisant : je crois que ce sera assez de cinq pour chacun de nous.

TOXARIS : J'y consens. Parle le premier, mais commence par jurer de ne rien dire qui ne soit vrai. Autrement il ne serait pas difficile de forger quelque histoire de ce genre, dont il serait impossible de prouver la fausseté. Mais si tu jures, il n'y aura plus pour moi de défiance possible !

MNÉSIPPE : Nous jurerons donc, si tu crois qu'il faut un serment. Mais par lequel de nos dieux ? Philios[1] ?

TOXARIS : Oui. Et moi je jurerai par un dieu de mon pays, lorsque ce sera mon tour de parler.

12 MNÉSIPPE : Que Zeus Philios soit témoin que je ne te dirai rien que la vérité, rien que je ne sache moi-même, ou d'après des récits authentiques, et que je n'ajouterai aucun détail digne de l'exagération théâtrale. D'abord, je vais te conter l'histoire d'Agathocle et de Dinias, dont l'amitié est célèbre dans toute l'Ionie. Cet Agathocle était de Samos ; il n'y a pas longtemps qu'il vivait encore, illustre par l'amitié dont il a donné la preuve, mais n'ayant rien de supérieur au reste des Samiens, sous le rapport de la naissance ou de la fortune. Dinias, fils de Lysion d'Éphèse, était son ami d'enfance. Or ce Dinias était immensément riche. Comme il est naturel à ceux qui commencent à jouir de leur fortune, il fut entouré d'une foule de jeunes gens, tout prêts à boire avec lui et à se faire les compagnons de sa débauche, mais d'autant plus éloignés d'avoir pour lui une amitié véritable. D'abord

1. Zeus Philios, qui préside à l'amitié.

Agathocle vécut dans cette société, conversant et buvant avec eux, mais sans y trouver de grands charmes. Bientôt Dinias n'eut pas pour lui plus d'estime que pour ses flatteurs ; enfin Agathocle lui devint tout à fait insupportable, parce qu'il osait blâmer sa conduite ; il ne put tolérer qu'il lui rappelât sans cesse le souvenir de ses ancêtres, ni qu'il l'avertît de conserver l'héritage que lui avait laissé son père, après l'avoir amassé avec tant de peines[1] ; en sorte que Dinias cessa de l'inviter à ses parties de plaisir, et s'amusa seul avec ses amis, en se cachant tant bien que mal d'Agathocle.

13 Ces flagorneurs ne tardèrent pas à mettre dans l'esprit de ce malheureux jeune homme qu'une certaine Chariclée, femme de Démonax, un homme distingué et l'un des premiers magistrats d'Éphèse, était amoureuse de lui. D'abord, des billets doux commencèrent à lui arriver de la part de Chariclée ; puis vinrent les couronnes de fleurs à demi flétries, les pommes qui portaient l'empreinte de ses dents, et toutes les séductions que les aguicheuses échafaudent contre les jeunes gens qu'elles veulent engager insensiblement dans une passion et qu'elles enflamment en leur faisant croire qu'ils sont leur premier amour. Rien n'est plus attrayant, sur-

1. Cf. Lucien, *Sur le Deuil*, 21 ; Hérodote, I, 216 et III, 38.

tout pour ceux qui se croient beaux garçons et qui finissent malgré eux par tomber dans les filets de ces coquettes. Chariclée était jolie mais, courtisane éhontée, elle se livrait au premier venu, pour peu qu'il la payât. Si on la regardait, elle faisait un signe de tête, et il n'y avait à craindre aucun refus de cette Chariclée. Femme rusée d'ailleurs, et la plus habile des courtisanes à s'emparer d'un amant, à fixer son irrésolution, à le subjuguer entièrement ; puis une fois qu'elle le tenait, sachant attiser et entretenir ses feux, tantôt par le dépit ou par des caresses, tantôt par le dédain ou bien feignant d'avoir un penchant pour quelqu'un d'autre. Enfin, c'était, dans son genre, une femme accomplie, et qui faisait jouer bien des ressorts pour tromper ses amants.

14 Tel fut en conséquence l'instrument dont les flatteurs de Dinias se servirent pour le perdre, et ces seconds couteaux secondèrent si bien les desseins de Chariclée, qu'ils entraînèrent le jeune homme dans une passion extrême pour elle. Cette femme, qui avait déjà mis à sec plusieurs jeunes gens, joué d'innombrables comédies d'amour et renversé des maisons opulentes, était un fléau plein d'artifices, fortifié par une longue pratique. Quand elle se vit entre les mains un garçon dont la candeur n'avait aucune expérience de toutes ses manigances, elle se garda bien de le lâcher, mais le serra tout entier dans

ses griffes, le perça de toute part, se rendit absolument maîtresse de lui, jusqu'à ce qu'elle se fût perdue avec sa proie et qu'elle eût précipité l'infortuné dans un abîme de malheurs. Elle commença, comme je l'ai dit, par lui jeter en amorce des billets doux et par lui envoyer tous les jours une suivante chargée de lui dire qu'elle ne faisait que verser des larmes, que l'amour l'empêchait de prendre aucun repos, et qu'elle était résolue à se pendre, la malheureuse, par désespoir d'amour, de sorte que l'heureux Dinias se crut un beau jeune homme que convoitait toute la gent féminine d'Éphèse. Après s'être fait longtemps prier, il se rendit aux vœux de Chariclée.

15 Depuis ce moment, il ne devint, comme on peut se l'imaginer, que plus facile à subjuguer par une femme qui joignait à la beauté la science des plaisirs, l'art de pleurer à bon escient, d'entrecouper ses discours de soupirs, de retenir son amant entre ses bras pour peu qu'il s'en allât, d'accourir à son arrivée, de se parer pour lui plaire davantage, de chanter au besoin et de jouer de la cithare. Elle employa toutes ces ruses contre Dinias. Et lorsqu'elle s'aperçut que la passion de ce dernier était extrême, et que l'ivresse de l'amour en avait fait une cire molle, elle imagina un nouveau moyen de le perdre. Elle lui dit qu'elle était enceinte de ses œuvres (rien n'est

plus capable d'enflammer un amoureux aveuglé par la passion). Dès cet instant, elle cessa de lui rendre visite, et lui fit dire que son mari, ayant découvert leur intrigue, la faisait observer. Dinias n'était plus en état de recevoir cette nouvelle. Il ne pouvait supporter de ne plus voir sa maîtresse ; il pleurait, envoyait ses flatteurs chez elle, appelait à grands cris sa chère Chariclée, embrassait avec transport la statue de marbre blanc qu'il en avait fait faire. Enfin, il se jetait à terre et se roulait sur le plancher. Son désespoir était une rage véritable. Les présents qu'il avait faits à Chariclée n'étaient pas précisément des fruits et des guirlandes ; c'étaient des maisons entières, des champs, des esclaves, des étoffes brodées, de l'or tant qu'elle en avait voulu. Que dirai-je de plus ? En un instant la maison de Lysion, autrefois la plus illustre de l'Ionie, était épuisée et complètement ruinée.

16 Chariclée, voyant son amant à sec, l'abandonna et se mit à pourchasser un jeune Crétois assez riche et alla vivre avec lui, toute éprise de sa nouvelle conquête. Du moins celui-ci le croyait-il. Dinias, abandonné non seulement de sa maîtresse mais encore de ses flatteurs qui étaient passés du côté de l'amant crétois, alla trouver Agathocle qui savait depuis longtemps l'état de ses affaires. Il ressentit d'abord de la honte. Cependant, il lui conta tout : son coup

de foudre, son indigence, le dédain de sa maîtresse, la rivalité du Crétois. Il termina en disant qu'il ne pouvait plus vivre séparé de Chariclée. Agathocle, pensant qu'il n'était pas encore temps de rappeler à Dinias que de tous ses amis il était le seul qu'il eût éloigné de lui pour lui préférer des flagorneurs, vendit sa maison paternelle de Samos, la seule qu'il possédât, et lui en donna le prix qui se montait à trois talents. Dinias les reçut et alla se montrer à Chariclée, qui le trouva plus beau que jamais. La suivante et les billets doux rentrèrent en campagne avec le reproche d'avoir été si longs à venir. Les flatteurs accoururent dans l'espoir de glaner quelque chose chez Dinias qui leur sembla de nouveau fort mangeable.

17 Un jour, il avait promis à Chariclée d'aller chez elle. Il s'y rendit donc aux premières heures de la nuit. Il venait d'entrer lorsque Démonax, époux de Chariclée, soit qu'il eût des soupçons, soit qu'il fût de connivence avec sa femme – les deux versions circulent –, sortit tout à coup comme d'une embuscade, ordonna à ses valets de fermer la cour et de s'emparer de Dinias, qu'il menaça de coups de fouet et du feu. De fait, il tira son épée contre lui en faisant mine de tuer un adultère. Dinias, voyant à quel péril il était exposé, s'empara d'un pieu qui se trouvait par hasard près de lui, il en frappa Démonax à la

tempe et le tua. Se jetant ensuite sur Chariclée, il l'assomma à coups redoublés de la même bûche et lui passa au travers du corps l'épée de Démonax. Cependant, les esclaves, témoins muets de ce crime, restèrent d'abord pétrifiés de crainte, puis ils essayèrent d'arrêter Dinias. Il les écarta avec son épée et ceux-ci prirent la fuite. Dinias sortit après ce double meurtre et s'en alla passer le reste de la nuit chez Agathocle. Ils analysèrent tous deux les faits et examinèrent leurs conséquences dans un avenir proche. Dès l'aube, des magistrats arrivèrent – il faut dire que l'affaire avait déjà fait beaucoup de bruit – et arrêtèrent Dinias. Comme il avouait son crime, on le conduisit devant le gouverneur d'Asie. Celui-ci le déféra devant l'empereur, qui l'envoya dans l'île Gyare, une des Cyclades, et le condamna à vivre en ce lieu un exil perpétuel.

18 Agathocle le suivit partout ; il s'embarqua avec lui en Italie et, seul de tous ses amis, l'accompagna au tribunal. Lorsque Dinias partit pour l'exil, il ne l'abandonna pas davantage, mais s'y condamnant lui-même, il vint demeurer à Gyare et partager le sort de son ami. Ils en vinrent bientôt à manquer du nécessaire. Agathocle, se louant à des pêcheurs de pourpre, plongeait avec eux et, du salaire qu'il en retirait, nourrissait Dinias. Ce dernier eut une longue maladie : Agathocle lui prodigua ses soins et,

quand il fut mort, loin de vouloir se séparer de lui, il demeura dans l'île, honteux d'abandonner le tombeau de son ami. Telle est, mon cher, la conduite d'un ami grec. Le fait s'est passé depuis peu, car je ne crois pas qu'il se soit écoulé plus de cinq ans depuis qu'Agathocle est mort à Gyare.

TOXARIS : Je voudrais bien, Mnésippe, que tu te sois dispensé de prêter serment à l'orée de ce récit. J'aurais pu ne pas y croire, tant cet Agathocle ressemble à un ami scythe et je crains que tu ne puisses m'en citer un autre qui lui donne le change.

19 MNÉSIPPE : Écoute maintenant, Toxaris, l'histoire d'un certain Euthydicos de Chalcis. Je la tiens de Simylos, un pilote de Mégare, qui m'a juré en avoir été le témoin oculaire. Il faisait voile, m'a-t-il dit, d'Italie à Athènes, vers l'époque du coucher des Pléiades [1], portant sur son vaisseau un certain nombre de passagers parmi lesquels se trouvaient Euthydicos et Damon, son ami, qui était comme lui de Chalcis. Ils étaient du même âge, seulement Euthydicos avait l'air fort et vigoureux tandis que Damon, faible et hâve, semblait sortir d'une longue maladie. Au dire de Symilos, la traversée fut assez heureuse jusqu'en Sicile mais quand ils eurent passé le détroit et

1. C'est-à-dire à la fin de novembre.

pénétré dans la mer Ionienne, ils furent assaillis par une tempête des plus violentes. Il n'est pas besoin de te peindre les montagnes d'eau, les tourbillons, la grêle et tout le sinistre accompagnement d'une tempête. Ils étaient arrivés à la hauteur de Zacynthe, voguant toutes voiles carguées, et traînant des prolonges dans leur sillage pour briser l'impétuosité de la vague, lorsque vers minuit, Damon, incommodé par le roulis du navire, se pencha sur la rambarde pour vomir. Au même moment, le vaisseau, frappé violemment par une déferlante, donna de la bande du côté où Damon s'était incliné et, le remous aidant, le malheureux tomba la tête la première au milieu de la mer. Ses habits l'empêchèrent de nager aisément, il se mit à crier, presque suffoqué et flottant à grand peine.

20 Euthydicos, qui était nu sur sa couche, ne l'eut pas plus tôt entendu, qu'il plongea dans les flots et saisit Damon déjà presque à bout de forces. On put apercevoir longtemps, à la clarté de la lune, Euthydicos nageant aux côtés de Damon et le soulevant sur les vagues. Les passagers, touchés par le malheur de ces deux jeunes gens, auraient bien voulu leur porter secours, mais un vent violent emporta le navire. Tout ce qu'on put faire fut de leur jeter des morceaux de liège et quelques gaffes pour les aider à flotter s'ils avaient le bonheur de les rencontrer. On

leur envoya aussi l'échelle du vaisseau qui n'était pas petite. Demande-toi, au nom des dieux, s'il est possible de donner une plus grande preuve de tendresse à un ami, tombé la nuit dans une mer si furieuse que de vouloir mourir avec lui. Imagine-toi d'un côté la hauteur des vagues, le bruit des eaux qui se brisent, l'écume qui bouillonne, la nuit, le désespoir, puis Damon, à demi noyé, pouvant à peine lever la tête et tendant les bras à son ami. Considère notre jeune homme qui s'élance aussitôt dans la mer, qui nage auprès de son ami, et qui craint que Damon ne meure le premier, tu comprendras alors que je ne t'offre pas en Euthydicos un ami ordinaire.

21 TOXARIS : Ont-ils péri, Mnésippe, ces braves jeunes gens, ou leur est-il arrivé quelque secours inattendu ? Je tremble pour eux.

MNÉSIPPE : Sois tranquille, Toxaris, ils ont été sauvés et vivent maintenant à Athènes où ils s'occupent tranquillement de philosophie. Symilos n'a pu me dire que ce dont il fut le témoin pendant cette nuit : la chute de l'un, le sauvetage par l'autre de son ami, et tous les deux s'en allant à la nage aussi loin que l'obscurité permettait de les distinguer. Quant au reste de l'aventure, c'est Euthydicos lui-même qui m'en a instruit. D'abord, ils rencontrèrent quelques morceaux de liège, s'en saisirent et s'en aidèrent pour nager tant bien que mal ; puis, dès l'aube, ayant aperçu l'échelle du bateau, ils s'avancèrent vers elle, montèrent dessus, et franchirent ainsi aisément la distance qui les séparait du rivage de Zacynthe où ils abordèrent.

22 Après ces deux amis, dont l'exemplarité n'est, selon moi, pas à dédaigner, écoute l'histoire d'un troisième qui soutient la comparaison. Eudamidas de Corinthe avait pour amis Arétée de Corinthe et Charixène de Sicyone. Ces deux derniers étaient riches, tandis qu'Eudamidas vivait dans une extrême indigence. En mourant, il fit un testament qui peut paraître ridicule à bien des gens mais sera sans doute approuvé par un homme de bien comme toi qui honore l'amitié et combat en ce moment pour en obtenir le prix. Ce testament, dis-je, était conçu en ces termes :

*Je lègue à Arétée ma mère à nourrir et à soigner dans sa vieillesse ; à Charixène, ma fille à marier et à établir avec une dot aussi belle que le lui permettra sa fortune.*

Or la mère d'Eudamidas était déjà vieille et sa fille était en âge d'être pourvue. *Si l'un des deux vient à mourir,* ajoutait-il, *que l'autre prenne la place du défunt.* Quand on fit lecture de ce testament[1], tous ceux qui connaissaient la pauvreté d'Eudamidas mais ignoraient l'amitié qui

1. Cette lecture se faisait juridiquement, en place publique.

le liait à ces deux hommes s'amusèrent de cette affaire et s'en allèrent en riant. On disait :

« Quel bonheur pour Arétée et aussi pour Charixène de recevoir un si bel héritage et de faire honneur au legs d'Eudamidas ! Vivants, ils ont un mort pour héritier. »

23 Mais à peine ces honnêtes légataires apprirent-ils les détails de la succession qu'ils accoururent et demandèrent que part fût faite. Cependant Charixène mourut cinq jour après. Arétée, se montrant le plus généreux de tous les héritiers, prit la part léguée à Charixène, nourrit la mère d'Eudamidas et maria sa fille quelques temps après. Des cinq talents qu'il possédait, il lui en donna deux, et deux autres à sa propre fille en souhaitant que leur mariage fût célébré le même jour. Que dis-tu, Toxaris, de cet Arétée ? A-t-il donné un piètre exemple de son amitié, en acceptant un pareil legs, et en ne trahissant pas les dispositions testamentaires de son ami ? Ou bien le mettons-nous au rang de ces suffrages parfaits dont on trouve un cas sur cinq[1].

TOXARIS : J'avoue qu'il s'est bien conduit, mais j'admire bien plus encore la confiance

1. Un suffrage parfait est un suffrage unanime ; mettre un exemple ou un événement au nombre des suffrages parfaits, c'est le compter au rang des choses rares.

d'Eudamidas en ses amis. Elle prouve qu'il aurait fait pour eux ce qu'ils firent pour lui, quand bien même il n'en aurait pas été prié par testament et qu'il se serait présenté avant tous les autres pour réclamer un pareil héritage sans en avoir été nommé légataire.

24 MNÉSIPPE : Tu as raison. La quatrième histoire que j'aimerais te conter est celle de Zénothémis, de Massalie[1], fils de Charmolée. On me le montra, il y a quelque temps, en Italie, où j'étais envoyé en députation pour ma patrie. C'était un bel homme d'une taille avantageuse et qui semblait avoir du bien. À côté de lui était assise, sur son char, une femme affreusement laide. La moitié droite de son corps était desséchée, elle avait un œil contrefait, en un mot, c'était un épouvantail difforme, un spectre effrayant. Je m'étonnais de ce qu'un si bel homme eût à ses côtés une pareille femme ; mais celui qui m'avait montré Zénothémis m'apprit la nécessité où il avait été de contracter ce mariage ; il connaissait toute cette histoire, étant lui-même de Massalie.

« Zénothémis, me dit-il, avait pour ami Ménécrate, le père de ce laideron. C'était un

1. Marseille. Cette anecdote massaliote est à ranger dans la même catégorie que le récit de Plutarque sur la Gauloise Emponé (*Amatorius*, 25 *sqq.*).

homme riche, couvert d'honneurs et d'un rang égal à celui de Zénothémis. Plus tard Ménécrate se vit privé de son bien par une condamnation du Conseil des Six-Cents pour avoir proposé un décret contraire aux lois. C'est ainsi que nous autres Massaliotes, ajouta-t-il, nous punissons ceux qui veulent légiférer en pleine illégalité. »

Ménécrate fut sensible à une condamnation qui, en si peu de temps, l'avait fait passer de la richesse à la pauvreté, de l'unanime considération au déshonneur. Mais son chagrin le plus vif était de ne pouvoir marier sa fille déjà nubile. Elle avait atteint sa dix-huitième année et personne, appartînt-il à l'écume de la misère ou de la roture, n'aurait voulu d'elle, en dépit de tout le bien que possédait son père avant sa condamnation, tant sa laideur était repoussante. On disait également qu'elle était sujette à l'épilepsie à l'époque où la lune formait un croissant.

25 Ménécrate se plaignait à Zhénothémis de ses malheurs.

« Console-toi, cher Ménécrate, lui dit-il, tu ne manqueras jamais du nécessaire et ta fille trouvera un mari digne de sa naissance. »

En prononçant ces mots, il le prit par la main et le conduisit dans sa maison où il lui fit présent d'une partie de son immense fortune. Quelques temps après, il fit préparer un grand festin auquel il convia plusieurs de ses amis en compagnie de Ménécrate, feignant de connaître quelqu'un qui eût bien voulu épouser sa fille. À la fin du repas, au terme des libations offertes aux dieux, il remplit sa coupe et la présenta à Ménécrate, en disant :

« Reçois cette coupe de la main de ton gendre. J'épouse aujourd'hui ta fille Cydimique, et il y a déjà longtemps que j'ai reçu sa dot, qui se monte à vingt-cinq talents.

– Que fais-tu, Zénothémis ? Je ne serai jamais assez fou pour accepter qu'un homme, jeune et beau, épouse une fille laide et défigurée comme la mienne. »

À ces mots, Zénothémis saisit Cydimaque, la conduisit jusqu'à sa chambre où il consomma son mariage. Puis il la ramena et la présenta à l'assemblée en qualité d'épouse. Depuis ce jour, il ne la quitte plus, il l'aime au-delà de ce qu'on peut dire ; et, comme tu vois, il l'emmène partout avec lui.

26 Non seulement il ne rougit pas de l'avoir épousée, il s'en fait même un honneur et montre par là qu'il ne fait cas ni de la beauté, ni de l'argent, ni de l'opinion publique ; qu'il songe avant tout à son ami et que la condamnation dont Ménécrate fut la victime à la suite du vote des Six-Cents n'a rien diminué de son amitié pour lui. Aussi la fortune l'a-t-elle récompensé de sa conduite, et de cette femme si laide il a eu

un fils au visage charmant. Il n'y a pas longtemps, son père le conduisit au sénat, couronné d'olivier et revêtu d'une robe noire, afin qu'il inspirât plus de compassion pour son aïeul. L'enfant sourit aux sénateurs et frappa dans ses mains. Le sénat, attendri par le garçon, accorda à Ménécrate une remise de peine et le réintégra dans ses honneurs d'antan, et cela, grâce à cet avocat d'un nouveau genre qui avait su si bien plaider sa cause devant l'assemblée réunie

Voilà ce que le Massaliote me raconta de la générosité de Zénothémis envers son ami. Tu le vois, l'action n'est pas banale et je doute qu'il y ait eu beaucoup de Scythes capables de l'imiter. On dit qu'ils sont fort regardants quand ils se choisissent de jolies maîtresses.

27 Reste ma cinquième histoire et je ne vois pas quelle autre je pourrais te raconter si j'oubliais celle de Démétrios de Sunium. Démétrios voyageait par mer avec Antiphile d'Alopèce[1]. La plus tendre amitié les unissait depuis l'enfance. Leur âge était identique, ils avaient vécu ensemble, jouissant de la même éducation. Démétrios avait étudié la philosophie cynique sous le sophiste de Rhodes[2] ; Antiphile s'appliquait à la médecine. Le désir de voir les pyramides et la

1. Sunium et Alopèce sont deux bourgades de l'Attique.
2. Agathobule, vraisemblablement.

statue de Memnon[1] attirait Démétrios en Égypte. Il avait ouï dire que les pyramides, en dépit de leur hauteur, ne projetaient pas d'ombre, et que la statue de Memnon rendait un son lorsqu'elle venait à être frappée des premiers rayons du soleil[2]. Démétrios, qui voulait donc voir les pyramides et entendre Memnon remonta le Nil avec son ami. On était déjà au sixième mois de l'année. La fatigue du voyage et la chaleur empêchèrent Antiphile d'aller plus loin.

28 Ce fut alors qu'Antiphile éprouva un malheur qui exigeait le secours d'un ami généreux. En effet, un esclave d'Antiphile, nommé Syrus, parce qu'il était de race syrienne, s'associa avec des voleurs et se glissa à leurs côtés dans le temple d'Anubis. Là, ces scélérats enlevèrent la statue du dieu, deux vases en or, un caducée du même métal et des cynocéphales d'argent ; puis, ils déposèrent le tout chez Syrus. Quelques-uns d'entre eux furent arrêtés au moment où ils tentaient d'écouler leur butin. On les tortura sur la roue et ils firent des aveux complets. On les

1. La curiosité archéologique de Lucien le porte souvent vers les monuments d'Égypte (*Le Menteur*, 33), ou d'Ionie (*Le Navire*, 3).

2. Cette statue de dix-huit mètres de hauteur est située à Thèbes, au commencement de l'allée qui conduit au temple d'Aménophis III. Au lever du soleil, selon les anciens, la pierre en s'échauffant faisait entendre un son musical.

mena aussitôt sous bonne escorte jusqu'à la maison d'Antiphile et, sur leur indication, on y découvrit les vases dérobés, cachés dans un endroit obscur, sous un lit. On s'empara à l'instant de Syrus et d'Antiphile. Celui-ci était alors chez son maître de philosophie à écouter la leçon ; on l'en arracha. Personne ne lui vint en aide. Ceux qui avaient été jusque-là ses compagnons s'éloignèrent de lui comme d'un sacrilège qui avait profané le temple d'Anubis. Ils auraient cru se souiller s'ils avaient bu ou mangé avec lui. Deux autres de ses esclaves pillèrent toute sa maison et prirent la fuite.

29 Depuis longtemps déjà, Antiphile languissait dans les fers. On le traitait comme le plus criminel de tous les malfaiteurs qui se trouvaient dans la prison et le geôlier égyptien pensait venger son dieu et mériter ses faveurs en tourmentant son prisonnier. S'il voulait se justifier brièvement, en prétendant qu'il n'avait pas agi de la sorte, on le regardait comme un impudent et il s'attirait ainsi un surcroît d'indignation. Bientôt il tomba malade. Il n'était guère possible qu'il ne le fût pas, gisant à terre, et n'ayant pas même la faculté d'étendre, fût-ce la nuit, ses jambes emprisonnées dans des ceps de bois. Le jour, on se contentait de lui mettre un carcan et de lui garrotter une main ; mais la nuit, on l'enchaînait tout entier. En outre, la puanteur du

cachot, la moiteur étouffante produite par l'entassement d'un grand nombre de prisonniers qui avaient toutes les peines du monde à respirer, le cliquetis des fers, l'absence de sommeil, tous ces maux réunis étaient affreux, insupportables à un homme qui n'était pas accoutumé à mener un genre de vie si rude.

30 Abattu par l'excès de ses malheurs, notre homme refusait désormais de s'alimenter lorsque Démétrios arriva. Il ignorait tout ce qui s'était produit jusque-là. Dès qu'il en fut instruit, il courut sur le champ à la prison, mais il ne put y entrer : c'était le soir, et le geôlier, après avoir fermé toutes les portes, était aller dormir, non sans recommander à ses esclaves de faire bonne garde. Au point du jour, Démétrios parvint, à force de prières, à se faire ouvrir. Une fois entré, il chercha longtemps Antiphile que ses malheurs avaient rendu méconnaissable. Il examina tous les prisonniers l'un après l'autre, comme on recherche sur un champ de bataille les morts défigurés et appela à voix haute : « Antiphile ! Fils de Dinomène ! » S'il n'avait pas appelé ainsi, il n'aurait jamais été capable de le reconnaître, tant ses tribulations l'avaient changé. À cette voix connue, Antiphile poussa un cri. Démétrios s'approcha de son ami qui, séparant et écartant de son visage sa chevelure sale et hirsute, se fit voir tel qu'il était. Tous deux, sur le champ,

tombèrent évanouis devant cette vision inattendue. Peu à peu, Démétrios, reprenant ses sens, fit à son tour revenir Antiphile et, après avoir appris de lui le détail de ses infortunes, l'invita à prendre courage. Puis, déchirant en deux son manteau, il n'en garda que la moitié, donna l'autre à Antiphile, et arracha les haillons hideux et pourris dont il était couvert.

31 À partir de cet instant, il demeura auprès de lui autant de temps qu'il lui était permis, le soignant et lui fournissant tout ce dont il pouvait avoir besoin. Pour cela, il se louait sur le port à des marchands depuis le matin jusqu'à midi et gagnait un assez gros salaire en qualité d'arrimeur. Puis, de retour du travail, il donnait au geôlier une partie de son salaire, afin de le rendre doux et traitable. Le reste du temps lui suffisait amplement pour soigner son ami. Le jour, il restait avec Antiphile pour le consoler ; mais dès la tombée de la nuit, il allait dormir près de la porte de la prison, sur un lit de feuilles qu'il s'était aménagé. Quelque temps s'écoula de la sorte. Démétrios pénétrait sans difficulté auprès d'Antiphile et celui-ci supportait plus aisément son malheur depuis que son ami le partageait.

32 Sur ces entrefaites, un des voleurs qui étaient retenus captifs dans la geôle vint à mourir. On crut à un empoisonnement. La garde

redoubla de sévérité et aucun de ceux qui en formulaient la demande n'eut un droit de visite. Démétrios en conçut du désarroi et fut pénétré de douleur car il n'avait nul autre moyen de voir son ami. Il alla donc trouver le gouverneur et se dénonça à lui comme complice du vol qui avait eu lieu dans le temple d'Anubis. Aussitôt, on le conduisit en prison et on l'enferma dans le même cachot qu'Antiphile. Il avait eu grand peine, après moult prières, à obtenir du geôlier qu'on le plaçât à côté d'Antiphile et qu'on l'attachât au même carcan. C'est alors qu'il fit éclater la tendresse qu'il avait pour lui. Insensible à ses propres maux quoique malade, il employait tous ses soins à procurer à son ami un sommeil tranquille et quelque relâche à ses souffrances. Ainsi supportaient-ils tous deux plus aisément des douleurs qu'ils partageaient.

33 Enfin, un événement imprévu vint mettre un terme à leur infortune. Un prisonnier parvint, je ne sais comment, à se procurer une lime. Il associa à son projet la plupart de ses camarades, rompit la chaîne qui retenait les autres aux carcans et les délivra tous. Ils tuèrent alors sans difficulté les gardiens qui étaient une poignée et s'échappèrent en foule. Dans un premier temps, il se dispersèrent où ils purent, mais le lendemain, le plus grand nombre fut de nouveau arrêté. Cependant Démétrios et Antiphile étaient

restés à leur place et avaient empêché Syrus de prendre la fuite. Dès que le jour parut, le gouverneur de l'Égypte, informé de la situation, donna la chasse aux voleurs, et faisant venir Démétrios et Antiphile, il fit briser leurs fers et les félicita d'être les seuls qui ne se fussent point enfuis. Mais ils n'étaient pas hommes à se satisfaire d'être ainsi relaxés. Démétrios, d'une voix ferme, se plaignit avec véhémence de l'injustice criante qu'on leur avait faite en les regardant comme des malfaiteurs qu'on ne relâche que par compassion ou pour les récompenser de n'avoir pas pris la fuite. Enfin, ils obligèrent le juge à examiner soigneusement leur affaire. Celui-ci, voyant qu'ils étaient innocents, les combla d'éloges. Il admira surtout Démétrios, rendit la liberté à ces deux amis et les consola de l'injuste punition qu'ils avaient subie en leur faisant à chacun un présent de ses propres deniers : dix mille drachmes à Antiphile et le double à Démétrios.

34 Antiphile vit aujourd'hui en Égypte. Démétrios lui a laissé ses vingt mille pièces et s'en est allé aux Indes auprès des Brahmanes, priant son ami de l'excuser s'il le quittait et l'assurant qu'il n'avait nul besoin de cet argent tant qu'il serait dans le même état, c'est-à-dire sachant se contenter de peu. Désormais, selon lui, sa présence n'était plus nécessaire à son ami puisque ses affaires avaient pris une face heureuse.

Voilà, Toxaris, les amis grecs. Si tu ne nous avais pas reproché ce vertige des grands mots, je n'aurais pas manqué de te rapporter les discours pleins de grandeur et de noblesse que Démétrios prononça au tribunal. Tu l'aurais vu, négligeant sa justification, pleurer et supplier pour Antiphile, en prenant tout sur son compte jusqu'au moment où Syrus, mis à la question, attesta leur innocence.

35 Parmi un grand nombre d'amis, je t'ai raconté les aventures de quelques-uns seulement, les premiers que m'ait suggérés ma mémoire. Ce sont des exemples de tendresse et de constance. Il ne me reste plus qu'à descendre de la tribune et à te céder la parole. Tu dois t'efforcer de nous montrer que les Scythes, loin d'être inférieurs en amitié, sont de beaucoup supérieurs à ceux que j'ai dits, si tu as quelque souci de ta main droite, et si tu ne veux pas qu'elle soit coupée. Il serait ridicule qu'ayant fait d'Oreste et de Pylade un éloge digne d'un sophiste, tu ne sois qu'un piètre panégyriste en plaidant pour la Scythie.

TOXARIS : Tu as raison, Mnésippe, de m'inciter à défendre ma cause, comme si tu t'inquiétais peu d'avoir la langue coupée après ta défaite. Toutefois, je vais commencer, en m'abstenant de faire comme toi de beaux discours car ce n'est pas le fait des Scythes, surtout lorsque les actions parlent plus que les paroles[1]. Ne t'attends pas non plus à des traits d'amitié semblables à ceux que tu as rapportés : un homme épousant sans dot un laideron, un autre mariant la fille de son ami avec deux talents, ni même, ma foi, un quidam se faisant emprisonner avec la certitude d'être délivré quelques instants après. Tout cela est fort aisé, et je n'y vois rien de grandiose et de viril.

36 Pour ce qui me concerne, je vais te raconter beaucoup de massacres, des guerres, des morts affrontées pour l'amour d'un ami et tu verras que vos preuves d'amitié ne sont que des jeux d'enfants au regard de celles des Scythes. Du reste, vous avez raison d'agir ainsi et il est convenable que vous accordiez des éloges à ces traits, malgré leur faiblesse. Vous n'avez pas, vous ne pouvez pas avoir les occasions extraordinaires de prouver votre amitié. Vous vivez dans une paix profonde et ce n'est pas dans le calme qu'on peut juger de l'habileté d'un pilote. Pour en juger, il faut attendre la tempête. Chez nous, les guerres sont continuelles. Ou bien

1. Cette défense et illustration de la société barbare se retrouve en maints endroits du dialogue. Les Scythes se reconnaissent dans les vertus d'Oreste et de Pylade (§ 2, 5, 7), ils sont capables de prononcer de fières paroles (§ 9, 49), ils sont sensibles à l'outrage (§ 46), ils font preuve d'une modestie excessive (§ 53), etc. Tous ces détails diversifient et grossissent jusqu'à le rendre méconnaissable le *topos* primitif de l'idéalisation de la société barbare.

nous envahissons les autres, ou bien nous reculons devant une invasion. Ou nous en venons aux mains pour un pâturage ou pour du butin[1]. C'est là surtout que la nécessité d'avoir des amis braves se fait sentir. Aussi regardons-nous l'amitié comme une arme invincible et résistante, même à l'épreuve des guerres.

37 Mais je veux d'abord t'apprendre de quelle manière nous nous faisons des amis. Ce n'est pas comme vous dans les parties de plaisir. Ce n'est pas un jeune homme de notre âge, un voisin. Quand nous voyons un homme de cœur, prêt à accomplir de grands exploits, nous nous empressons autour de lui. Ce que vous faites pour obtenir la main d'une jeune fille, nous croyons juste de le faire pour conquérir son amitié : c'est une véritable cour où nous mettons tout en œuvre pour ne pas manquer notre conquête et ne pas paraître éconduits.

1. Cette déclaration situe assez bien le tableau de la société scythe, du *koinon* des Scythes que propose Lucien. De bons exemples de ces boucheries héroïques sont donnés par la première anecdote (récit de guerre § 39) et la seconde (épisode de chasse § 43). Le narrateur mentionne aussi souvent que possible chariots, cimeterres, haches, flèches, brigands, razzia, tribut. Il use du prestige des patronymes bizarres, de celui des mots scythes tels *korakous* (§ 7), *Zirin* (§ 40), de mentions géographiques imaginaires pour donner de la vraisemblance à cette Scythie littéraire et pour ainsi dire sur mesure. En fait, nulle part les récits scythiques ne sont sérieux. Le mot de la fin est aussi une galéjade, et Mnésippe n'a nullement l'intention de s'expatrier pour se rendre en Scythie.

Lorsque quelqu'un a obtenu la préférence, il se forme entre les deux amis une alliance qu'étaye un redoutable serment : on vivra ensemble et on mourra, s'il y a lieu, l'un pour l'autre. Voici comment nous procédons : nous nous faisons une entaille au doigt, nous faisons dégoutter le sang dans une coupe et après y avoir trempé tous les deux en même temps la pointe de nos épées, nous l'approchons de nos lèvres et buvons. À ce moment, rien ne peut plus nous séparer[1]. Il n'est pas permis d'être plus de trois à former cette alliance. Quiconque aurait un plus grand nombre d'amis serait à nos yeux l'égal de ces catins ou de ces femmes adultères. Nous pensons que l'amitié perd de sa force à être divisée.

38 Je vais commencer par l'histoire toute récente de Dandamis dont l'ami Amizoque avait été fait prisonnier dans un combat avec les Sauromates. Mais il faut auparavant que je fasse le serment dont nous sommes convenus. J'en jure par le Vent et par le Cimeterre, non, je ne mentirai pas d'un mot, Mnésippe, dans mes récits sur les amis scythes.

1. Un écho littéral de ce passage se retrouve chez Hérodote, IV, 70.

MNÉSIPPE : Je t'aurais volontiers dispensé du serment. Cependant tu as bien fait de ne jurer par aucun dieu.

TOXARIS : Que dis-tu ? Crois-tu donc que le Vent et le Cimeterre ne soient pas des dieux ? Ne sais-tu pas qu'il n'y a rien de plus puissant chez les hommes que la vie et que la mort ? Eh bien ! Lorsque nous jurons par le Vent et par le Cimeterre, nous jurons par l'un comme cause de la vie et par l'autre comme cause de la mort.

MNÉSIPPE : Ceci dit, vous avez bien d'autres dieux du même style que le cimeterre, la flèche, la lance, la ciguë, la corde et le reste. La mort est un dieu aux mille facettes et une infinité de routes y conduisent.

TOXARIS : Vois comme tu es vétilleux et chicaneur, comme tu interromps et troubles mon récit. Moi j'ai gardé le silence pendant que tu parlais.

MNÉSIPPE : Cela ne m'arrivera plus, Toxaris. Tu as eu raison de me reprendre. Parle en toute confiance, comme si je n'étais pas là pour t'écouter. S'agissant de toi, je garderai un profond silence.

39 TOXARIS : Il y avait quatre jours qu'Amizoque et Dandamis s'étaient juré une amitié réciproque et qu'ils avaient bu le sang l'un de l'autre, lorsque les Sauromates fondirent sur nos campagnes avec une armée que la rumeur avait portée

à trente mille fantassins et dix mille cavaliers. Comme cette invasion fut faite à l'improviste, les ennemis renversèrent tout ce qui se trouvait sur leur passage. Ils massacraient la plupart de ceux qui voulaient leur résister, ou les emmenaient vivants. Le seul moyen de leur échapper était de passer à la nage sur l'autre rive du fleuve où se trouvaient la moitié de notre armée et une partie de nos chariots. En effet, nos chefs de horde nous avaient fait camper, je ne sais pourquoi, sur les deux berges du Tanaïs. Ceci n'empêcha guère les ennemis d'emmener leur butin, de chasser devant eux les prisonniers, de piller les tentes, d'enlever les chars et leurs conducteurs, et d'outrager sous nos yeux nos concubines et nos épouses. Nous étions au désespoir.

40 Amizoque, emmené en captivité par des ennemis qui le maltraitaient, appela son ami par son nom et raviva en lui la mémoire du sang et du calice. Dandamis l'entendit et, sans hésiter une seconde, il se précipita dans le fleuve à la vue de tous et gagna à la nage le bord où siégeait l'ennemi. Les Sauromates levèrent leurs armes et fondirent sur lui pour le percer de coups. Il s'écria alors : « Ziris[1] ! » Celui qui prononce ce

1. Mot qui ne désigne pas la rançon et ne saurait être apparenté au vocable perse *zer* (l'or). Le sens vraisemblable serait plutôt *ami*, *frère*, ou *messager*.

mot a la vie sauve ; on le reçoit avec des égards car il est censé apporter une rançon. Dandamis, conduit devant le chef des Sauromates, lui demanda la liberté de son ami. L'autre réclama une rançon et dit qu'il ne rendrait pas Amizoque, à moins qu'il ne reçût une somme considérable.

« Vous avez pillé tout ce que je possédais, répondit Dandamis, mais si, au comble du dénuement, je puis encore vous payer quelque chose, je suis prêt à vous obéir. Commande ce qu'il te plaira ; si tu veux, prends-moi à la place de celui-ci, et fais de moi ce que bon te semble.

– Non, lui dit le Sauromate. Puisque tu es venu sous les auspices de Ziris, il n'est pas juste que tu restes complètement en notre pouvoir. Laisse-nous donc une partie de toi-même et emmène ton ami.

– Que veux-tu ? », reprit Dandamis.

L'autre lui demanda les yeux. Il se présenta sans hésiter pour qu'on les lui crevât, ce qui fut fait. Les Sauromates, maîtres de la rançon, lui rendirent Amizoque, sur lequel il s'appuyait pour revenir. Ils traversèrent ensemble le fleuve, et nous arrivèrent tous deux sains et saufs.

41 Ce trait ranima tous les Scythes. Ils ne crurent pas avoir été vaincus, puisque les ennemis n'avaient pas enlevé le plus précieux de leurs biens, et qu'il nous restait encore une détermination intacte et une fidélité constante dans

l'amitié. Les Sauromates, au contraire, furent frappés de terreur. Ils songèrent à quels types d'hommes ils auraient affaire quand ils seraient prêts au combat, puisque les Scythes les surclassaient même au plus fort d'une attaque par surprise. Aussi, dès la tombée de la nuit, ils laissèrent une bonne partie du bétail, mirent le feu aux chariots et prirent la fuite. Cependant Amizoque ne put supporter de voir clair, quand Dandamis était aveugle. Il se creva les yeux volontairement. Ainsi tous les deux demeurent assis, nourris avec honneur aux dépens de la république des Scythes[1].

2 Quel exemple d'amitié comparable à celui-là, Mnésippe, pourriez-vous me citer, quand, au lieu de cinq histoires, on vous en donnerait quinze et que, dégagé de ton serment, tu pourrais, à ton gré, y ajouter des détails romanesques ? Moi, je t'ai rapporté le fait dans sa nudité primitive. Toi, si tu m'en avais raconté un semblable, combien n'aurais-tu pas, j'en suis sûr, ajouté d'ornements à ta narration ? Quelles supplications touchantes eût employées Dandamis ! Que de détails sur les circonstances de son aveuglement, sur les paroles à cette occasion, sur son retour, sur les applaudissements qui l'accueillirent chez les Scythes, et tou-

1. Lucien transporte ici un élément de la vie grecque dans sa Scythie.

tes ces machines locutoires inventées par vous pour charmer vos auditeurs !

43 Écoute maintenant une autre histoire tout aussi honorable : le héros en est Bélittas, le cousin d'Amizoque. Notre homme vit son ami Basthès renversé de cheval par un lion, un jour qu'ils étaient ensemble à la chasse. L'animal le tenait embrassé, le serrait à la gorge, le déchirait avec ses griffes. Basthès sauta à terre, s'élança sur la bête, la tira en arrière et chercha à l'irriter contre lui pour lui faire lâcher prise. Il alla même jusqu'à glisser ses doigts entre les mâchoires du fauve, afin de soustraire son ami, du mieux qu'il pouvait, à la morsure du lion, jusqu'à ce que celui-ci, laissant Basthès à demi-mort, s'élançât sur Bélittas, le saisît et le tuât. Mais Bélittas, en mourant, eut encore le temps de frapper le lion et de lui passer son cimeterre à travers la poitrine. Tous les trois expirèrent en même temps et nous, nous leur avons rendu les honneurs de la sépulture, en creusant deux tombeaux contigus : l'un renferme les deux amis, et l'autre le lion[1].

44 Je vais te raconter pour troisième exemple l'amitié de Macentas, de Lonchate et d'Arsacomas. Arsacomas était épris de Mazaia,

1. Ce récit qui laisse supposer que des lions vivaient en Russie du sud vers 150 ap. J.-C. est peut-être le développement d'une épigramme.

fille de Leucanor, roi du Bosphore, auprès duquel il avait été député pour réclamer le tribut que les habitants de ce pays ont coutume de nous payer et dont ils avaient laissé passé le terme depuis trois mois. Ce fut au cours d'un festin qu'il aperçut Mazaia, une grande et belle jeune fille. Sur le champ, il en devint éperdument amoureux. L'affaire du tribut était terminée. Le roi lui avait fait sa réponse mais il souhaita le gratifier d'un banquet d'adieu. Il est d'usage qu'au milieu du repas, les prétendants fassent la demande de la jeune fille qu'ils désirent épouser en déclinant leur identité et en expliquant sur quel titre ils se jugent dignes d'obtenir l'alliance qu'ils recherchent. Or, à ce festin, il se trouva un grand nombre de soupirants, tous rois ou fils de rois : Tigrapatès, potentat des Laziens, Adyrmaque, prince de la Machlyène, et plusieurs autres. L'usage veut aussi que chacun des prétendants annonce, avant de se mettre à table, qu'il est venu dans l'intention de demander une épouse. Puis il s'assied avec les autres et soupe en silence. À la fin du repas, il demande une coupe, verse une libation sur la table, et demande en mariage celle qu'il veut épouser, en vantant beaucoup sa naissance, ses richesses et son pouvoir.

45 Plusieurs ayant fait, suivant la coutume, la libation et leur demande, accompagnée du dé-

nombrement de leurs royaumes et de leurs richesses, Arsacomas demanda la coupe en dernier. Il ne fit point de libation (car ce n'est pas dans nos usages de répandre du vin, nous croirions faire injure au dieu de la vigne), mais il but d'un seul trait et dit :

« Ô roi, donne-moi pour épouse ta fille Mazaia. Je lui conviens mieux que tous ceux qui sont ici, en raison de mes biens et de mes richesses. »

Leucanor, qui savait bien qu'Arsacomas était pauvre et de condition modeste parmi les Scythes, fut étonné de ce discours et lui dit :

« Combien, Arsacomas, possèdes-tu de chars et de troupeaux ? Car ce sont là vos richesses.

– Je n'ai ni chars ni troupeaux, répondit-il, mais j'ai deux amis vertueux tels que nul Scythe n'en possède. »

À ces mots, chacun se mit à rire. On regarda Arsacomas avec mépris et on le crut ivre. Le lendemain matin, Adyrmaque, qui avait été préféré à tous ses rivaux s'apprêta à conduire sa nouvelle épousée aux Méotides, chez les Machlyens.

46 Arsacomas retourna dans sa patrie. À son arrivée, il apprit à ses amis l'insulte qu'il avait reçue du roi, les quolibets qu'il avait essuyés pendant le repas, parce qu'on l'avait pris pour un pauvre.

« Et cependant, je lui ai vanté l'immense fortune que je possède, en ayant votre affection, Lonchatès et Macentès, trésor plus précieux et plus solide que toutes les richesses du Bosphore. »

À peine avais-je prononcé ces paroles qu'il se mit à rire et à me traiter avec mépris. Il donna sa fille à Adyrmaque, parce qu'il avait dix vases d'or, quatre-vingts chariots à quatre lits et de nombreux troupeaux de moutons et de bœufs. Ainsi préféra-t-il à des hommes vertueux de nombreux troupeaux, des vases inutiles, des chariots pesants. Moi, mes amis, j'éprouve un double chagrin : je suis amoureux de Mazaia et je suis vivement touché de l'injure faite à deux braves tels que vous. Je pense en effet que vous êtes insultés autant que moi. Chacun de nous a un tiers dans cet affront puisqu'à partir du moment où nous avons formé notre union, nous n'avons plus formé qu'un seul homme, partageant les peines et les plaisirs.

« Que dis-tu, reprit Lonchatès ? Chacun de nous est outragé dans sa personne entière lorsqu'on te fait injure.

47 – Que ferons-nous donc en la circonstance, dit Macentès ?

– Partageons-nous l'ouvrage, dit Lonchatès. Moi, je promets à Arsacomas de lui apporter la tête de Leucanor, et toi, tu lui amèneras celle qu'il aime.

– Soit, répond celui-ci.

– Pour toi, Arsacomas, reprend Lonchatès, comme il est probable qu'il nous faut une armée et que nous aurons la guerre après un pareil coup, attends-nous ici, rassemble et prépare des armes, des chevaux et le plus de troupes possible. Tu en engageras facilement un grand nombre, car tu es un brave guerrier et nous avons beaucoup de parents. D'ailleurs, il te faudra t'asseoir sur la peau de bœuf. »

Ce fut chose résolue. Lonchatès partit en toute hâte, comme il était, pour le Bosphore et Macentès pour la Machlyène, tous les deux à cheval. Arsacomas resté dans son pays, s'adressa aux jeunes gens de son âge, constitua une troupe armée de ses parents et finit par s'asseoir sur la peau de bœuf.

48 Voici en quoi consiste chez nous cet usage[1]. Lorsqu'un homme qui a subi un outrage veut se venger et qu'il ne se sent pas assez fort

1. Ce trait de mœurs a été brodé par Lucien à partir de données historiques. Peut-être s'est-il inspiré là d'un passage d'Hérodote sur les nombreuses utilisations qu'on fait en Scythie de la peau des ennemis écorchés (voir IV, 64). Comme toujours, dans ces comptes rendus ethnographiques dont Lucien a le secret, l'invention de l'auteur est présentée avec une affectation d'objectivité très divertissante. Ainsi, au paragraphe suivant, certains détails anodins reprennent vie : tout le monde sait que les Scythes sont des nomades et qu'ils ont des troupeaux errants, il n'empêche que Lonchatès est envoyé en qualité d'ambassadeur pour régler une affaire de pacage et de brigandage.

pour lutter seul, il sacrifie un bœuf en faisant bouillir sa chair qu'il a coupée en morceaux. Il étend la peau par terre et s'assied dessus, les mains au dos, comme si ses bras étaient attachés par les coudes. C'est la supplique la plus sacrée que nous puissions faire. Quand les morceaux de viande sont servis, ceux de sa famille et les étrangers qui le désirent s'approchent, prennent une parcelle de cette chair et, mettant le pied droit sur la peau, ils promettent, chacun selon leur pouvoir, de fournir, tout défrayés de nourriture et de salaire, l'un cinq cavaliers, un autre dix, un autre davantage. Un autre promet des fantassins ou, s'il est trop pauvre, il se promet lui-même. On rassemble ainsi sur la peau des forces considérables. Cette manière de lever des troupes est excellente : elle rend les soldats aussi fermement attachés à leurs rangs qu'invincibles à l'ennemi parce qu'ils sont engagés sous la foi du serment. Car c'est un vrai serment que de mettre le pied sur la peau !

Arsacomas était donc occupé à lever des troupes, et il réunit environ cinq mille cavaliers et vingt mille hoplites ou fantassins[1].

1. Il y a une note burlesque dans cet enrôlement volontaire quasi instantané. Ce qui est peut-être le plus curieux, dans le *Toxaris*, c'est ce parti pris d'invraisemblance : rien n'est impossible au conteur, capable de vaincre n'importe qui sur le terrain du *pseudos*.

49 Cependant, Lonchatès arriva incognito au Bosphore, alla trouver le roi qui était occupé des affaires de l'État et s'annonça en qualité d'envoyé de la république des Scythes pour des affaires importantes et confidentielles. Leucanor lui ayant ordonné de parler :

« Les Scythes, dit-il, réclament, dans un intérêt commun et journalier, que vos pasteurs ne passent plus à travers nos plaines et qu'ils restent en deçà du causse[1]. Quant aux voleurs dont vous nous reprochez les incursions sur votre territoire, nous affirmons qu'ils ne sont pas envoyés par notre volonté commune mais qu'ils pillent chacun pour leur compte et leur gain particulier. Si tu en prends un sur le fait, tu es le maître de son châtiment. Voilà ce que les Scythes m'ont chargé de t'annoncer.

50 Moi, je te dis en outre qu'une grande expédition est préparée contre vous par Arsacomas, fils de Mariante qui est venu récemment chez vous en députation. Il est irrité du refus que tu lui as fait de ta fille. Il y a sept jours qu'il est assis sur la peau de bœuf et qu'il rassemble une armée considérable.

– Je savais bien, répondit Leucanor, que quelqu'un levait des troupes sur la peau. J'igno-

1. Le mot *trachôn* désigne un sol rocailleux, d'où la traduction proposée.

rais seulement qu'elles dussent marcher contre moi et qu'Arsacomas en fût le chef.

– C'est bien toi que menacent ces préparatifs, lui dit Lonchatès, mais Arsacomas est mon ennemi, il me déteste parce que les anciens m'estiment plus que lui et parce que je passe pour être plus brave. Si tu veux me promettre ta seconde fille Barcétis, à moi qui suis un gendre digne de votre alliance, je reviendrai sous peu t'apporter la tête d'Arsacomas.

– Je te la promets, dit le roi tout tremblant de crainte. »

Il savait bien que son refus avait causé la colère d'Arsacomas, et il redoutait toujours les Scythes. Alors Lonchatès lui dit :

« Jure-moi de garder secrètes nos conventions et de ne pas te dédire. »

Le roi allait jurer, et il étendait déjà la main pour prendre le ciel à témoin :

« Ce n'est pas ici, dit Lonchatès, qu'il faut prêter serment, de peur d'éveiller les soupçons de ceux qui nous voient. Allons au temple de Mars. Là, après avoir fermé les portes, nous jurerons à l'abri de tout témoin. Si Arsacomas était instruit de tout ceci, je craindrais qu'il ne me tue avant la guerre, entouré qu'il est d'une armée pléthorique.

– Entrons, dit le roi, et vous, retirez-vous ! Que personne n'approche du temple, à moins d'y avoir été appelé. »

Lorsqu'ils furent entrés et que les gardes se furent retirés, Lonchatès tira son cimeterre d'une main et, mettant l'autre sur la bouche du roi, de peur qu'il ne criât, il le frappa au cœur, lui trancha la tête, la dissimula sous son manteau et sortit en feignant de s'entretenir encore avec lui de loin, lui disant, comme s'il sortait sur son ordre, qu'il allait revenir incessamment. Parvenu à l'endroit où il avait attaché son cheval, il se mit en selle et retourna en Scythie au triple galop. On ne le poursuivit point, attendu que les habitants du Bosphore ignorèrent quelque temps le meurtre du roi et que, quand ils en furent instruits, ils se divisèrent en factions pour en élire un autre.

51 Voilà ce que fit Lonchatès, comment il tint sa promesse et livra à Arsacomas la tête de Leucanor. De son côté, Macentès ayant appris en route ce qui s'était passé au Bosphore, arriva à Machlyène et se fit le messager de la mort du roi :

« L'État, dit-il encore à Adyrmaque, t'appelle à la royauté comme gendre de celui qui n'est plus. Ne perds donc pas un instant ; empare-toi du trône et apparais soudain dans le tumulte des affaires. Surtout que ton épouse te suive sur un char. Dès qu'il aura vu la fille de Leucanor, le peuple assemblé du Bosphore se rangera spontanément sous tes ordres. Pour moi, précisa-t-il, je suis alain[1] et parent maternel de Mazaia, car Leucanor a épousé Masteira qui était de ma famille. Aujourd'hui, ce sont les frères de Masteira qui m'envoient ici pour t'engager à partir le plus tôt possible pour le Bosphore afin d'empêcher que la royauté ne soit donnée à Eubiote, frère bâtard de Leucanor, ami déclaré des Scythes et ennemi juré des Alains.

Ainsi parla Macentès, vêtu comme les Alains et parlant leur langue. Alains et Scythes d'ailleurs se ressemblent, excepté que les Scythes arborent de longs cheveux, mais Macentès, pour ressembler davantage aux premiers et marquer davantage la différence qui oppose Alains et Scythes, avait taillé sa chevelure. Adyrmaque, abusé par ce détail, le crut parent de Masteira et de Mazaia.

52 « Et maintenant, dit-il, Adyrmaque, je suis prêt à partir avec toi pour le Bosphore, si tu le veux, ou bien à rester en compagnie de la princesse, si la chose est nécessaire.

– Je préfère le second parti, lui répondit Adyrmaque. Il convient que tu conduises Mazaia, car tu es de sa famille. Si tu venais avec moi au Bosphore, je n'aurais qu'un cavalier de plus, mais si tu conduis ma femme, tu me tiendras lieu de plusieurs hommes. »

1. Les Alains étaient des Scythes qui habitaient vers le Tanaïs.

Sitôt dit, sitôt fait. Adyrmaque partit en confiant à Macentès la virginale Mazaia. Celui-ci durant le jour la plaça sur un chariot, mais, à la nuit, il la fit monter sur son cheval que menait un autre cavalier dont il avait eu soin de se faire suivre, y sauta lui-même, se détourna du chemin des Méotides, et gagna à travers champs, en laissant à droite les montagnes des Mitréens, ne s'arrêtant que le temps nécessaire pour faire reposer la jeune fille, et arriva en trois jours de la Machlyène en Scythie. Son cheval, après avoir fourni cette course, resta quelques temps debout et mourut.

53 Néanmoins, Macentès, remettant Mazaia entre les mains d'Arsacomas, lui dit :

« Reçois l'effet de ma promesse. »

Arsacomas, frappé d'étonnement à cette vue inattendue, voulut remercier son ami :

« Cesse, lui dit Macentès, de me traiter comme un autre que toi-même. Me remercier de ce que j'ai fait pour toi, c'est comme si la main gauche savait gré à la droite de la guérison et des services qu'elle en aurait reçus, étant blessée et ne pouvant agir. Il serait donc ridicule qu'étant confondus l'un avec l'autre et ne faisant qu'un depuis longtemps nous vissions comme un service d'importance ce qu'une partie de nous-mêmes aurait fait d'utile au reste du corps. En effet, elle travaillait pour elle-même, puisqu'elle est une partie du tout qu'elle a obligé. »

C'est ainsi que Macentès répondit aux remerciements d'Arsacomas.

54 Sitôt qu'Adyrmaque eut reconnu le piège, il quitta le chemin du Bosphore. Déjà Eubiote, appelé de chez les Sauromates au milieu desquels il séjournait, avait été proclamé roi. De retour dans sa patrie, Adyrmaque leva une puissante armée et marcha droit contre les Scythes, en traversant les montagnes. Eubiote ne tarda guère à se joindre à lui, à la tête d'une foule de Grecs, d'Alains et de Sauromates qu'il avait appelés à son secours et qui se montaient respectivement à vingt mille hommes. Les forces réunies d'Eubiote et d'Adyrmaque s'élevaient au total de quatre-vingt-dix mille hommes, dont un tiers d'archers à cheval. Quant à nous – car j'étais de cette expédition et j'avais donné sur la peau de bœuf à ces amis cent cavaliers qui faisaient la guerre à mes frais – nous soutînmes l'attaque avec un peu moins de trente mille hommes, y compris les cavaliers. Arsacomas nous commandait. Lorsque nous vîmes l'armée s'approcher, nous détachâmes la cavalerie pour commencer le combat. Mais l'action s'étant vivement échauffée, nos gens ployèrent, notre phalange fut disloquée et toute l'armée scythe fut coupée en deux. Une partie lâchait insensiblement pied, sans permettre cependant qu'on la jugeât vaincue. C'était une retraite plutôt qu'une fuite et

les Alains, n'osaient pas la poursuivre bien loin. Mais les Machlyens et les Alains, ayant enveloppé l'autre moitié de notre armée qui était la plus faible, la taillèrent en pièce et firent pleuvoir sur elle une grêle de flèches et de traits en sorte que nos guerriers doutaient fort de leur salut au milieu de ce cercle qui les entourait et que plusieurs des nôtres jetaient déjà leurs armes.

55 Par hasard, Lonchatès et Macentès se trouvaient dans la mêlée, tous deux blessés pour s'être exposés les premiers au danger : Lonchatès avait la cuisse percée d'une pointe de lance et Macentès avait reçu un coup de hache sur la tête et un coup de javelot à l'épaule. Arsacomas, qui se trouvait dans l'autre corps d'armée, s'en aperçut, regarda comme une grande honte d'abandonner ses amis, aiguillonna aussitôt son cheval et se jeta au milieu des ennemis en poussant un grand cri et en brandissant son cimeterre. Les Machlyens ne purent soutenir l'impétuosité de son courage, se séparèrent et lui laissèrent le passage. Il vola sur le champ au secours de ses amis, ranima le reste des troupes, fondit sur Adyrmaque, lui asséna un coup de cimeterre sur le crâne et le pourfendit jusqu'à la ceinture. Le chef ennemi tomba, les Machlyens se dispersèrent, suivis par les Alains et enfin par les Grecs. Devenus les maîtres du terrain, nous les eussions poursuivis et massacrés, si la nuit n'était tombée. Le

lendemain, des ambassadeurs vinrent nous supplier de la part des ennemis de consentir à la paix. Les habitants du Bosphore promettaient de nous payer un double tribut, les Machlyens s'engageaient à nous livrer des otages, et les Alains, pour nous dédommager de cette incursion belliqueuse et dévastatrice, se proposèrent de réduire à notre obéissance les Sindians, depuis longtemps révoltés contre nous. Nous acceptâmes ces propositions après avoir pris l'avis d'Arsacomas et de Lonchatès. La paix se fit et ce furent eux qui en réglèrent les diverses conditions. Voilà, Mnésippe, ce que les Scythes osent entreprendre en faveur de leurs amis !

56 MNÉSIPPE : Ces récits poussent le tragique à son paroxysme, cher Toxaris, et ils m'ont tout l'air de fable[1]. N'était le respect dû au Vent et

1. Le récit des trois amis, il est vrai, se déroule comme dans un rêve. On n'y rencontre guère que princes et fils de princes (§ 44). La promesse de couper la tête d'un roi puissant ou d'enlever la fiancée d'un autre roi (§ 47 et 50) paraît la chose du monde la plus facilement réalisable. Les formalités de l'introduction auprès des monarques sont simplifiées à l'extrême (§ 49), de même que l'art de les convaincre. Ils prennent le premier venu pour un ambassadeur, voire pour un parent par alliance (§ 49, 51, 52). Les distances les plus grandes se parcourent à bride abattue (§ 50) et les chevaux ne manquent pas d'expirer en achevant leur course (§ 52). Bref, on comprend qu'Arsacomas montre si peu d'étonnement d'être exaucé (§ 53). En fait, Lucien a écrit ici une sorte de conte oriental. Et si les critiques ont tant insisté sur le caractère *épique* du *Toxaris*, c'est pour mieux souligner l'imagination échevelée du livre et sa perpétuelle transgression de la logique du réel.

au Cimeterre par lesquels tu as juré, il me semble qu'on pourrait, sans être répréhensible, ne pas ajouter beaucoup de foi à cette histoire.

TOXARIS : Prends garde que ton incrédulité ne soit l'effet de la jalousie. Toutefois cette incrédulité ne m'empêchera pas de rapporter les autres traits du même genre qui se sont déroulés, à ce que je sais, chez les Scythes.

MNÉSIPPE : Abrège tes discours, mon cher ; ne t'arrête pas à chaque circonstance, comme tu viens de le faire tout à l'heure, en nous faisant voyager en Scythie et en Machlyène, puis partir pour le Bosphore et en revenir sans cesse. Tu as un peu abusé de mon silence.

TOXARIS : Il faut obéir à la loi que tu m'imposes. Je vais parler en peu de mots, de peur que tes oreilles ne se fatiguent à force de suivre mes digressions.

57 Écoute cependant avec patience ce qu'a fait pour moi un de mes amis nommé Sisinnès. J'avais quitté ma patrie pour me rendre à Athènes, afin de m'instruire dans les arts de la Grèce et j'avais abordé à Amastris, ville située sur le Pont-Euxin, qui fait face aux navigateurs venant de Scythie et se trouve à proximité de Carambe[1]. Sisinnès, mon ami d'enfance, voyageait avec moi. Après avoir choisi une hôtellerie

1. Promontoire d'Asie.

sur le port et y avoir fait transporter notre bagage, nous allâmes nous promener sur la place publique, sans nous attendre à rien de fâcheux. Pendant notre absence, des voleurs forcèrent notre serrure, emportèrent tous nos effets, au point de ne pas nous laisser de quoi vivre ce jour-là. Rentrés à la maison, nous constatâmes notre infortune. Nous n'osâmes pourtant pas citer en justice nos voisins qui étaient fort nombreux, ni même notre hôte : nous ne voulions pas passer pour des sycophantes en disant qu'on nous avait dérobé quatre cents dariques, une grande quantité d'étoffes, de riches tapis, tous les objets enfin que nous avions.

58 Nous délibérions sur le parti à prendre en cette conjoncture. Nous étions sans ressources dans un pays étranger. Pour ce qui me concerne, j'étais résolu à me plonger mon cimeterre dans le flanc et à sortir de la vie plutôt que de m'abaisser à quelque chose de vil sous l'empire de la faim et de la soif. Mais Sisinnès releva mon courage, me supplia de n'en rien faire et m'assura qu'il trouverait bientôt un moyen de subsister. En effet, il alla sur le port, s'offrit à porter du bois et revint avec des vivres, échangés contre le prix de son travail. Le lendemain, au point du jour, suivant son propre récit, il vit en se promenant sur la place publique, une troupe de jeunes gens braves et bien faits. On les avait enrôlés, moyennant un

salaire, pour combattre dans des jeux qui devaient avoir lieu le troisième jour. Sisinnès, instruit par eux de tout ce qui devait se passer, vint à moi :

« Ne dis plus que tu es pauvre, Toxaris, me dit-il ; dans trois jours, grâce à moi, tu seras riche. »

59 Il me parla ainsi, et durant cet intervalle, nous vécûmes assez misérablement. Le jour du spectacle arrivé, nous y allâmes comme tout le monde. Sisinnès voulait absolument que j'y fusse spectateur comme d'un divertissement curieux et extraordinaire des Grecs. Il me conduisit au théâtre. Lorsque nous fûmes assis, nous vîmes d'abord des bêtes sauvages que l'on aiguillonnait, d'autres que des chiens poursuivaient, d'autres qu'on lâchait sur des hommes enchaînés qui nous parurent être des criminels. Ensuite ceux qui devaient combattre seul à seul s'étant avancés, un héraut qui conduisait au milieu de l'arène un grand jeune homme se mit à crier :

« Si quelqu'un veut combattre avec ce jeune homme, qu'il se présente : il recevra dix mille drachmes pour prix du combat. »

À ces mots, Sisinnès se leva, sauta d'un bond dans l'arène, se proposa de combattre et demanda des armes. Puis, il prit les dix mille drachmes de salaire, les apporta, et les remit entre mes mains en disant :

« Si je suis vainqueur, Toxaris, nous aurons de quoi payer notre voyage ; si je succombe, rends-moi les honneurs de la sépulture et retourne en Scythie. »

En écoutant ses paroles, je ne pus retenir mes larmes.

60 Mais lui, prenant ses armes, s'en revêtit. Dédaignant de se couvrir d'un casque, il s'avança au combat la tête nue. D'abord, il fut blessé : un coup de cimeterre lui entama le genou. Le sang coulait avec abondance et j'en fus glacé de terreur. Mais Sisinnès, observant son ennemi, qui s'élançait avec trop de confiance, le frappa en pleine poitrine et le renversa mort à ses pieds. Bientôt, affaibli par sa blessure, il s'assit sur celui qu'il venait de tuer et peu s'en fallut qu'il n'expirât lui-même. J'accourus, je le relevai, je le consolai, et, quand il fut déclaré vainqueur, je le pris et le portai à notre logis. Il se rétablit peu à peu grâce à mes soins et vit maintenant en Scythie où il a épousé ma sœur. Mais il est demeuré boiteux du fait de sa blessure. Ceci, Mnésippe, ne s'est pas passé chez les Machlyens ni chez les Alains et l'on ne peut refuser de le croire, sous prétexte qu'il n'y avait pas de témoins : mais tout Amastris y était et se souvient encore du combat de Sisinnès.

61 Quand je t'aurai conté, en guise de cinquième exemple, l'action d'Abauchas, j'aurai

fini. Abauchas était venu dans une ville des Borysthénites, conduisant avec lui sa femme qu'il chérissait tendrement et deux enfants : l'un petit garçon encore à la mamelle, l'autre petite fille de sept ans. Il avait pour compagnon de voyage Gyndanès, son ami, malade encore d'une blessure reçue en les défendant contre les voleurs qui les avaient attaqués sur la route. Dans le combat qu'il avait soutenu pour eux, il avait été frappé si violemment à la cuisse que la douleur l'empêchait de se tenir debout. La nuit, pendant leur sommeil, le feu prit à la maison dont ils occupaient, par hasard, l'étage supérieur. L'incendie les gagna, ferma les issues et les flammes environnaient déjà tout le bâtiment. Alors Abauchas se réveilla et, laissant ses enfants qui criaient, repoussant même sa femme qui s'attachait à lui et à laquelle il criait de se sauver, il courut à son ami, l'emporta dans ses bras, descendit et s'élança hors de la maison par un endroit que les flammes n'avaient pas encore embrasé. Sa femme le suivait, portant son enfant et traînant sa fille derrière elle. Mais, à demi brûlée, elle laissa tomber son enfant et c'est à peine si elle put échapper au feu, de même que sa fille qui avait été en grand danger de périr. Quelques temps après, on reprochait à Abauchas d'avoir abandonné sa femme et ses enfants pour sauver Gyndanès :

« Il me sera aisé, répondit-il, d'avoir d'autres enfants et je ne sais s'ils seront vertueux. Mais je ne pourrais, de longtemps, retrouver un autre ami de la trempe de Gyndanès et qui m'ait donné autant de preuves de son attachement.

62 Ma tâche est remplie, Mnésippe ; voilà cinq histoires sur un grand nombre que je pourrais citer. Il est temps, à présent, que l'on prononce lequel de nous deux a mérité de perdre la langue ou la main. Qui décidera ? »

MNÉSIPPE : Personne, car nous n'avons pas établi de juge de nos discours. Mais sais-tu ce qu'il faut faire ? Puisque nous avons lancé nos traits en l'air, nous choisirons une autre fois un arbitre devant qui nous rapporterons d'autres exemples d'amitié. Alors celui qui perdra son procès perdra la langue, si c'est moi et la main, si c'est toi. Mais non, ce serait un procédé sauvage puisque tu as une si haute opinion de l'amitié et que moi, je la regarde comme le bien le plus précieux et le plus beau que possèdent les hommes. Qui nous empêche de nous unir par un pacte solennel, d'être amis dès ce moment même et de nous faire un devoir de l'être pour toujours ? Nous sommes vainqueurs tous les deux et nous remportons un grand prix de notre victoire. Au lieu d'une langue et d'une main droite, chacun en aura deux et, qui plus est, quatre yeux et quatre pieds, tout en double. Deux ou trois amis qui s'unissent deviennent comparables à ce Géryon que les peintres représentent avec trois têtes et six bras. C'est à mon avis l'emblème de trois amis qui agissent toujours de concert, comme le doivent ceux qui s'aiment.

TOXARIS : Tu as raison, agissons ainsi.

MNÉSIPPE : Nous n'avons pas besoin de répandre le sang, Toxaris, ni de jurer sur le cimeterre pour affermir notre amitié. L'entretien que nous venons d'avoir et la conformité de nos sentiments seront des garants plus certains de notre constance que la coupe où vous buvez. En ceci, la disposition du cœur me semble plus nécessaire que l'obligation d'un serment.

TOXARIS : Je t'approuve. Soyons donc amis à partir de maintenant. Unissons-nous encore par le lien d'hospitalité. Tu seras mon hôte en Grèce et moi le tien en Scythie, si tu y viens jamais.

MNÉSIPPE : Oui, Toxaris. Sache que je n'hésiterais pas à aller plus loin encore si je devais y trouver des amis tels que tu m'as paru l'être dans tes discours.

## Collection "Poche-Retour aux grands textes"

1. Sénèque, *La Vie heureuse*
2. Épictète, *Ce qui dépend de nous*
3. Lucrèce, *La Nature des choses*
4. L'Ecclésiaste, *Un temps pour tout*
5. *Le Cantique des cantiques*
6. *La Bhagavad Gîtâ*
7. Pétrone, *Satiricon*
9. Marc Aurèle, *Pensées pour moi-même*
10. Cicéron, *Savoir vieillir*
11. Cicéron, *L'Amitié*
14. Plutarque, *La Conscience tranquille*
15. Juvénal, *La Décadence*
16. Sappho, *Le Désir*
18. César, *La Guerre en Gaule*
19. Quintus Cicéron, *Manuel de campagne électorale*
21. Cicéron, *Devant la mort*
22. Cicéron, *Devant la souffrance*
23. Cicéron, *Le Bonheur*
25. *Le Livre de Job*
26. Ésope, *Fables*
28. Platon, *Le Souci du bien*
29. Cardinal Mazarin, *Bréviaire des politiciens*
30. Euripide, *Électre*
33. *Chronique anonyme de la Première Croisade*
36. Anthologie, *Rome et l'amour*
37. Démosthène, *Les Événements de Chersonèse*
38. Hésiode, *Les Travaux et les jours*
39. Plutarque, *L'Intelligence des animaux*
41. Plutarque, *L'Ami véritable*
43. Montaigne, *L'Éducation des enfants*
44. Ovide, *L'Exil et le Salut*
45. Montaigne, *L'Expérience*
47. Salluste, *La Conjuration de Catilina*
49. Pline l'Ancien, *La Vertu des plantes*
50. Pline l'Ancien, *La Vertu des arbres*
51. Ignace de Loyola, *Exercices spirituels*
52. Claude Terreaux, *Vous reprendrez bien un peu de latin*

53. Montaigne, *Les Essais*
54. Léonard de Vinci, *Maximes, fables et devinettes*
55. Synésios de Cyrène, *Éloge de la calvitie*
56. Érasme, *Savoir-Vivre à l'usage des enfants*
57. Érasme, *Plaidoyer pour la paix*
58. Ernest Renan, *Vie de Jésus*
59. Sénèque, *Les Bienfaits*
60. Montaigne, *Le Meilleur des* Essais
61. Gilles Ménage, *Histoire des femmes philosophes*
62. Martial, *Épigrammes*
63. Montaigne, *Journal de voyage, Lettres, Éphémérides, Sentences*
64. Aristophane, *Lysistrata*
65. Étienne de La Boétie, *La Servitude volontaire*
66. Lucien de Samosate, *Éloge de la danse*
67. Anthologie, *La Sagesse des anciens*
68. Léonard de Vinci, *Hommes, bêtes et météores*
69. François Rabelais, *Gargantua Pantagruel*
70. Sénèque, *Apprendre à vivre (Lettres à Lucilius)*
71. Montaigne, *Montaigne et la femme*
72. Tacite, *La Germanie*
73. Plutarque, *Erotikos*
74. Sénèque, *L'Homme apaisé*
75. Sénèque, *La Providence*
76. Villon, *Œuvres complètes*
77. Platon, *Le Bonheur selon Socrate*
78. Plutarque, *Le Vice et la vertu*
79. Lucien de Samosate, *Dialogue des Courtisanes*

ACHEVÉ D'IMPRIMER
EN AOÛT 2011
SUR LES PRESSES DE
CORLET IMPRIMEUR
À CONDÉ-SUR-NOIREAU
C A L V A D O S

Numéro d'édition : 0963
Numéro d'impression : 139354
Dépôt légal : novembre 2011
*Imprimé en France*